나의 첫번째 여행기

'임보'란 '임시 보호'의 줄임말로 개, 고양이 등 반려동물의 구조·입양 과정에서 사용된다. 안락사가 임박한 유기동물 보호소의 유기동물이나 그냥 두면 생명을 잃을 수 있는 길 위의 동물을 구조하여 평생 함께 살 수 있는 인간 가족이 있는 입양처로 보내기 전까지 잠시 돌보는 것을 임보라고 한다.

고양이 정거장

6월 16일

어미와 떨어진 새끼 고양이 다섯 마리가 박스에 담겨 집에 도착했다.

이맘때쯤이면 사람이 어설프게 개입해서 어미와 헤어지게 된 새끼 고양이가 늘 생긴다. 이 아이들도 그런 케이스였다.

학생은 처음엔 자신이 고양이를 구하고 있다고 생각했던 것 같다. 작은 동물이 애처롭게 우는 소리를 들었고, 그 소리를 따라가 보니 스티로폼으로 막혀 있는, 아파트 1층 베란다 아래의 작은 공간이 나타났다.
그리고 스티로폼이 작게 부서진 구석에서 빠져나오려는 새끼 고양이 한 마리를 발견했다. 학생은 벽을 부수고 새끼 고양이를 구출했다. 예상치 못했던 것은, 스티로폼으로 감춰져 있던 공간에서 고양이가 네 마리나 더 쏟아져 나왔단 것이다.
그제서야 학생은 이곳이 어미 고양이가 사람들의 눈을 피해 새끼를 낳아 기른 장소라는 걸 알았다. 도움이 필요한 줄 알았던 새끼 고양이는 그저 유난히 건강한 아이였을 뿐이었다.

이미 벌어진 일, 학생은 수습을 했다. 새끼를 주워 모아 박스에 넣어 원래 있던 자리에 두고, 숨어서 어미 고양이가 오길 기다렸다. 그런데 안타깝게도 새끼 고양이들을 먼저 발견한 자는 아파트 1층 집주인이었다. 그는 자신의 집 아래에서 고양이가 자라게 둘 수 없다며 호통을 치기 시작했다. 길고양이를 챙기다 보면 흔히 겪는 일이지만, 중학생 아이는 겁을 먹고는 새끼 고양이가 든 박스를 들고 도망쳤다.

자리를 벗어나면 어미가 새끼 고양이를 찾아올 가능성이 현저하게 떨어지지만 학생은 몰랐다. 희망을 갖고 고양이들이 많이 지나다니는 길목에 새끼가 든 박스를 두고 지켜보았다. 어미가 나타나 주기를 바라며 이틀을 보냈다. 진이 빠지는 시간이었을 거다. 하지만 어미는 나타나지 않았고, 설상가상으로 아이들은 설사를 하기 시작했다.

학생과 학생의 아버지는 박스를 들고 병원으로 달려갔다. 어미는 오지 않고 새끼들을 그대로 두면 죽을 터였다. 이젠 모든 것이 사람 손에 달리게 됐다.

학생의 아버지는 고민을 하다 결정을 내렸다. 고양이들을 보호소로 보내기로. 보호소에는 밥을 챙기는 사람이 있을 테고, 어리니 가족도 금방 찾을 수 있을 거라고 생각했다. 대부분의 사람들처럼.

하지만 이 시기의 고양이는 서너 시간 간격으로 분유를 줘야 하는데, 보호소에는 그럴 인력이 없으니 입양자가 없는 한 안락사를 당하기도 전에 대부분 죽는다.

그곳에는 또 다른 결정을 내린 사람이 있었다. 동네에서 고양이를 돌보는 캣맘이었다. 그는 자신에게 맡기면 밖에 두고 밥을 주며 돌보겠다고 했다. 이해가 가지 않아서 다시 물어보니 정말 밖에 두고 밥을 주겠다는, 문장 그대로의 의미였다.

한참 세상을 탐험하기 시작하는 새끼 고양이를 어미 없이 길에 둔다는 것은 유치원생에게 놀이공원에 직접 운전해서 가서 인솔자 없이 밥 먹고 놀다가 알아서 귀가하라는 것과 비슷하게 들렸다.

캣맘이 한 달 미만의 고양이가 어떤지 알고 그런 이야기를 했다면 비난하고 싶진 않다. 사실 너무 이해할 수 있었다.

도시에는 언제나 도움이 필요한 고양이가 있다. 신부전으로 몸이 부은 고양이, 구내염으로 아무것도 씹을 수 없어 천천히 굶어죽어 가는 고양이, 임신한 고양이, 차에 치인 고양이, 영역싸움에서 밀린 고양이, 구조할 고양이가 너무 많아서 어딘가에는 선을 그어야 가능성이 있는 아이들이라도 살릴 수 있는 사이클을 유지시킬 수 있다.

(하지만 새끼 고양이가 어떤 존재인지 모르고 그런 말을 한 것이라면, 그 동네에서 밥을 얻어먹고 사는 고양이들이 중성화라도 되어 있는지 걱정이다. 죽는 것보다 더 큰 문제는 너무 많이 태어나는 것이기 때문이다.)

어미 고양이는 환경이 나쁘면 죽는 새끼까지 고려해서 더 많은 수를 낳는다.

그래서 길고양이의 구조는 모호한 위치에 있다. 길고양이는 황조롱이가 아니니까. 비참하게 살아도 생존해 나가고 있다면 그들을 구해야 하는 최소한의 이유도 없는 것이다.

학생의 아버지는 결정을 내리기 전 내게 전화를 해서 물었다. 나는 아이들이 보호소에 가면 죽을 것이고, 캣맘에게 맡겨도 대부분 죽을 것이라 했다. 여기까지 들은 아버지는 보호소에 보내는 것도, 캣맘에게 맡기는 것도 어려워했다. 이유는 오로지 딸 때문이었다. 딸 때문에 고양이가 죽게 되는 상황을 만들 수는 없었다.

고양이가 보호소로 가는 이유만큼이나, 구조도 언제나 인간의 이유로 시작된다. 이번에도 그랬다.

고양이 소개

장군(남자 아이)

어미에게 버려져 인간에게 구조됐다.

수유 기간 동안 임시로 맡았다가 입양을 보내려 했는데 결국 내가 키우게 됐다.

사회화 시기라는 생후 3주에서 8주 동안 인간하고만 지냈기 때문에, 평생 고양이에게는 관심도 없고 좋아하지도 않았다. 고양이보다 사람을 편하게 생각했지만, 나 이 외엔 사람도 그다지 좋아하지 않았다. 2016년에 8살로 떠났다.

집고양이

베리(여자 아이)

농장에서 밥을 얻어먹던 삼색 고양이가 낳은 새끼 중 하나. 어미는 중성화수술을 위해, 새끼들은 입양처를 찾기 위해 동물병원에 잡혀 왔는데, 장군이를 보내고 정신이 살짝 나가 있던 나에게 2017년에 입양됐다.

농장에서 사는 동안 인간과의 교류가 많지 않았는지 모든 인간을 경계하고 두려워한다.

대신 고양이를 너무 좋아해서 만나는 고양이마다 친해지려고 한다. 상대 고양이가 자신을 싫어할 거라거나, 다른 고양이의 영역을 침범하면 안 된다는 분별이 없다. 철이 들면 나아질 거라 생각했지만 천성인 듯해서 포기해 가는 중이다.

집고양이

흰둥(남자 아이)

한파가 심했던 겨울, 보살펴 달라고 집으로 쳐들어온 고양이. 집에서 살겠다는 의지가 강한 만큼 구조해서 입양을 보낼 계획을 가지고 있었다. 하지만 중성화수술 후 실내 생활에 적응시키려 하자 2층 창문에서 뛰어내려 도주하는 등 적응 실패로 입양을 보내지 못했다.

고양이를 싫어하지만 내가 키우는 아이들에게는 약한 모습을 보인다. 장군이와는 친해지려고 꽤 오래 노력했지만 번번이 거절만 당했다. 근육질에 덩치가 커서 장군이뿐만 아니라 대부분의 고양이에게 위협적으로 느껴져 미움을 받지만 분별없는 베리만은 흰둥이를 처음 봤을 때부터 좋아했다.

시로(여자 아이)

2017년 여름에 구조해서 임보했던 페르시안 암컷 고양이. 발견 당시 1.7킬로그램으로 비쩍 말라서 음식을 줘도 소화를 시키지 못했다. 몸을 회복해야 할 시기에, 호기심이 절정이었던 생후 4개월의 베리를 상대하느라 늘 찌푸린 표정으로 지냈다.

창밖으로 바다가 보이는 곳으로 입양을 가서 지금은 통통하게 살이 올라 유유자적한 삶을 살고 있다.

곰돌이(여자 아이)

성장이 가장 빠르고, 유난히 영민해 보인다. 귀여운 외모에 회색과 베이지색의 흔치 않은 조합의 털옷을 입었다. 꼬리가 위로 한 번 꺾여있어 항상 '반갑다. 친구야!'라는 고양이 세계의 꼬리 신호를 하고 있지만, 보이는 것만큼 반가워하지는 않는다. 때때로 혼자만의 시간을 갖고 싶어 하는 야무진 아이다.

긴꼬리(남자 아이)

발육이 가장 느리다. 분유밖에 먹을 줄 모르고 입까지 짧아 몸집이 작고 여리다. 설사병에 걸려 기운이 없으면서도 사고는 혼자 다 치고 다니는 꼬불이와 단짝이다.
사람을 너무 너무 좋아해서 항상 붙어 있고 싶어한다. 사람의 팔, 다리에 만족하지 않고, 얼굴과 가장 가까운 목과 어깨, 심장 소리가 들리는 가슴팍 바로 위에 있고 싶어한다.

꼬불이(남자 아이)

목소리가 큰 노랑줄무늬 아이. 꼬리가 두 번 꺾여 있고, 항상 무언가를 강력히 주장한다.
운동신경이 뛰어나고 겁이 없다. 가장 앞서서 사고를 쳐 아이들이 모두 따라하게 만드는 사고뭉치.

삼색이(여자 아이)

타고난 성격이 조용하고 움직임이 작아 형제자매에게 쉽게 밀리지만 크게 개의치 않는다.
눈에 유난히 물기가 가득하고 아련해 보여서 처음 본 사람들은 '쟤는 눈이 왜 저런가요?'라는 질문을 한다. 이유는 나도 모르겠다.

밀크티(남자 아이)

영롱한 눈동자에 크림색의 부드러운 털옷을 입었다. 골격이 남달리 크고, 콧대가 높고, 발이 크다. 장차 거묘가 될 것으로 보인다.
섬세하고 순한 아이지만 먹는 것과 관련되면 난데없는 성질을 부린다.
인간이 밥을 먹고 오면 어깨까지 기어올라 냄새를 맡으며 메뉴가 무엇이었는지 확인한다.

6월 17일

어미와 떨어진 새끼 고양이를 처음 구조한 건 10년 전이다. 그때 장군이는 눈도 뜨지 못하고 탯줄을 매단 채 내게 왔다. 그때 키우는 고양이가 새끼를 낳았던 지인은 그랬다.

"아기 고양이를 키우는 건 그렇게 어렵지 않아요. 자기들끼리 알아서 자란답니다."
그 말은 낙관적인 전망을 보여 줬지만 사실은 아니었다. 왜냐하면 그 집에는 새끼 고양이를 잘 돌봐줄 어미 고양이가 있었으니까. 육아에 참여하지 않는 남편이 "아이들은 알아서 잘 자란답니다."라고 하는 말과 같았지만 지인도 고양이 육아가 이렇게까지 더럽고, 힘들고, 더럽게 힘들 거라는 건 예상치 못했던 것 같다. 생명이 뭔지 몰랐던 난 그 말을 철석같이 믿었고, 곧 지옥을 만났다.

어미 고양이에게는 새끼의 면역력을 높이는 모유와 모유를 질서정연하고 깔끔하게 먹일 수 있는 알맞은 간격의 젖이 있다. 체온을 조절하지 못하는 다섯 마리 새끼 고양이를 완벽하게 데워 줄 적절한 온도의 작고 깨끗한 몸, 흔적도 없이 청결하게 배변유도를 할 수 있는 혀도 있다. 그것 없이는 모든 게 엉망진창이 된다.
아이들은 물에 불린 사료가 담긴 그릇에 다이빙을 해서 사료 육수로 범벅이 되고, 모유가 아닌 인간이 탄 분유를 먹고 설사를 하거나 변비에 걸린다. 온몸이 사료 국물과 설사로 뒤덮여도 혼자 힘으로는 체온을 유지할 수 없으니 목욕을 시킬 수도 없다.
사료 불린 물과 분유, 설사가 뒤섞인 냄새보다 강력한 비린내를 맡아본 적이 없다. 아이들 몸에서도 나고, 방에서도 나고, 급기야 내 몸에서도 나기 시작한다.
아무리 쓸고 닦아도 냄새는 사라지지 않는다.
장군이 한 마리를 키울 때는 이런 문제는 없었다. 바보같이! 다섯 마리면 똥도 오줌도 설사도 모두 다섯 배인 것을!

자신만만하게 구조 요청을 받아들였지만 상황은 예상과 조금 달랐다.

젖먹이 고양이를 나 혼자 다섯 마리까지 감당하기는 불가능했다. 젖먹이

라면 두세 마리 정도만 맡을 생각이었다.

그래서 아이들이 태어난 지 얼마나 됐는지, 사료를 먹을 수 있는지 물었

고, 학생의 아버지는 한 마리를 제외하고는 모두 불린 사료를 먹을 수 있

다고 했다.

틀린 말은 아니었지만 맞는 말도 아니었다.

그렇게 집에 온 다섯 아이들에게 불린 사료를 주자 먹는다기보다는 젖을
빠는 것처럼 그릇의 표면을 주둥이로 빨았다.

힘이 넘치는 녀석들은 열심히 빨다가 불어난 사료를 목 뒤로 넘기는 것 같
았지만 그걸로는 부족했다.

영양분이 많이 필요한 시기에 설사병에 걸린 아이까지 있었으니, 사료를
먹는 것이 익숙해질 때까지는, 누군가가 입 속으로 정확히, 알맞은 영양
소를 넣어 줘야 하는 상황이었다. 적어도 일주일 동안은 다섯 마리 모두
에게 수유가 필요했다.

나를 도와줄 사람은 아무도 없지만 괜찮다. 괜찮지 않으면 큰일이 날 테니.

(너무 많은 디테일이 생략되어) 쓸모 없을 정도로 간단해진 새끼 고양이 돌보기 팁

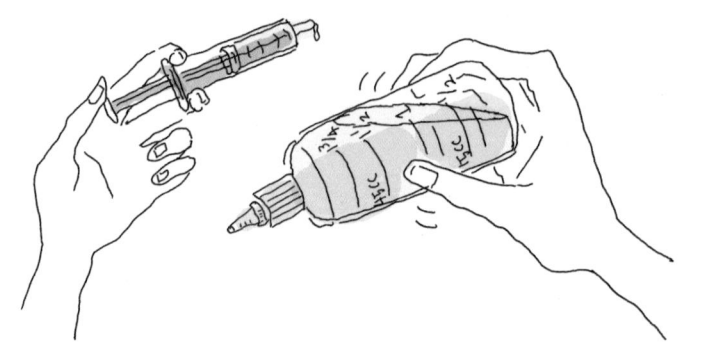

1. 분유를 먹일 때는 새끼 고양이와 강아지 전용 수유병을 이용한다. 주사기보다 먹이기가 훨씬 수월하다. 주사기는 끝부분이 딱딱해서 아이들 잇몸이 헐고, 적당량을 조금씩 흘려 주기가 어렵다.

2. 분유 선택이 무엇보다 중요하다. 시중에는 고양이용 분유라고 나와 있지만 먹이면 설사를 해서 먹지 않는 것만 못한 제품들도 있다. 인터넷 검색을 해서 가장 많이 추천하는 제품을 선택하는 것이 안전하다.
분유를 바로 구하지 못할 경우, 초유를 먹일 수도 있다. 초유는 한 번 뜯으면 하루 안에 소비해야 한다. 제품 설명에는 48시간 내에 소비하면 된다고 적혀 있지만 내가 사용했을 때는 하루만 지나도 설사를 했다.
초유는 가격이 비싸서 비상시에만 이용하는 것이 좋다.

3. 고양이의 배가 땅을 향하는 엎드린 자세로 수유한다. 새끼 고양이가 어미의 젖을 무는 모습을 떠올리면 쉽다. 인간 아기처럼 안아서 먹이면 분유가 기도로 넘어갈 수 있어 위험하다.

4. 분유를 먹인 후 고양이의 머리에서 아래쪽으로 등을 쓰다듬으며 트림을 시킨다. 나오지 않는다면 계속해서 시도할 필요는 없다.

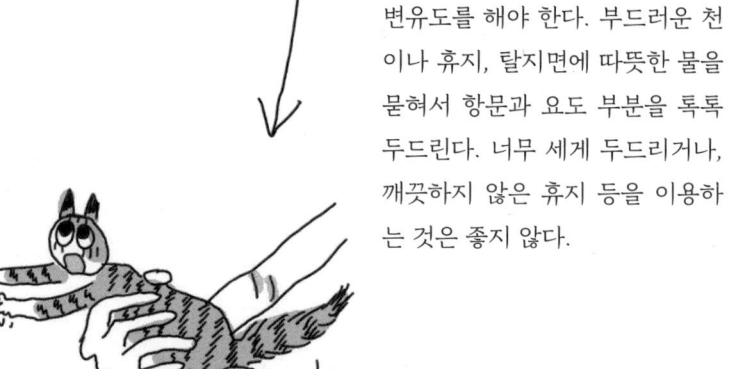

5. 새끼 고양이는 스스로 배변을 할 수 없으므로 수유 후에는 꼭 배변유도를 해야 한다. 부드러운 천이나 휴지, 탈지면에 따뜻한 물을 묻혀서 항문과 요도 부분을 톡톡 두드린다. 너무 세게 두드리거나, 깨끗하지 않은 휴지 등을 이용하는 것은 좋지 않다.

분유 먹이기와 트림, 배변유도는 매일 3~4시간 간격으로 생후 한 달까지 이어진다. 이 기간 동안 인간은 짬짬이 수면을 취하며 체력을 회복해야 한다. 하지만 2주를 넘기면 회복할 체력조차 없어지고, 남는 것은 다크서클과 정신력뿐이다.

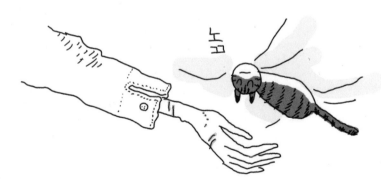

6월 18일

밥을 먹이고 내버려두면 조금 돌아다니다가 다리 위로 옹기종기 모여든다.

6월 19일

밥을 먹이고 난 후에는 소화시킬 겸 방 안에 풀어 주고 놀이시간을 갖게 한다. 뛰어다니는 아이들의 등허리를 부드럽게 쓰다듬으면 자연스럽게 트림이 나온다. 가스가 나오지 않는 아이들도 있어서 아무 반응이 없더라도 걱정할 필요는 없다.

손바닥에 올라올 정도로 작은 존재들이 작은 장기로, 작은 신체활동을 한다. 아직 완벽하지 않아서 체온조절도 못하고, 딱딱한 것은 소화시킬 줄도 모르고, 면역력도 터무니없이 낮지만 그런 것들이 얼마나 빠른 속도로 개선되는지 놀라울 정도다. 놀이시간이 끝나면 조그만 털 뭉치들을 주워서 박스 안에 넣는다. 너무 작아 어디로 기어들어간 것을 못 찾거나 밟아서 터트릴 것이 두려워서다. 그럼 아이들은 냄새나는 박스 안의 한 구석으로 올망졸망 모여 몸을 포개고 잠든다.

냄새나는 귀여운 놈들.

다섯 아이들의 입양 홍보를 위해 그림만 그려 올리던 SNS 계정에 사진을 올리기 시작했다.

사진 아래, 간단한 소개를 쓰는데 자꾸 순하다는 말만 반복해서 적게 된다.

생명체의 성격이 강해지려면 시간과 계기가 필요하다. 이렇게 작은 고양이가 순하지 않다면 그게 오히려 이상할 것이다. 어쨌든 사람들은 순한 동물을 선호하니 그 부분을 한 번이라도 더 명시하게 된다.

물론 예외는 있다. 장군이 같은. 장군이는 눈을 뜨기도 전부터 하악질을 했다. 움직임이 어색하지 않을 정도로 몸집이 커지자 내가 들고 있던 끈을 보고 으르렁거리며 공격했다. 기백이 넘쳐서 나도 모르게 안전거리를 확보했던 기억이 난다.

당시에는 새끼 고양이가 성격이 더러울 수도 있다는 생각을 전혀 하지 못했고, 포유류가 가지는 파충류에 대한 본능적인 혐오의 표시인가 싶었다. 끈을 뱀이라고 착각했을 수도 있으니까?

뭐 어찌됐든 난 장군이의 그 강한 성격을 사랑했다. 자기가 집안의 파수꾼인 양 택배 아저씨들만 오면 화를 내고, 큰 소리가 나면 상황을 파악하려고 달려왔다. 하루는 내가 그릇을 엄지발가락 위에 떨어뜨려 괴성을 지르자 달려와 주저앉아 있는 내 냄새를 맡았다. 그러곤 인간이 망가지지 않았다는 걸 알아차리고는 금세 '뭘 이런 걸로 소란이냐.'는 얼굴로 사라졌다. 어느 날엔가 미술학원의 학생 하나가 물총을 들고 장난을 치며 인사를 했는데 아이가 나를 공격했다고 착각한 장군이가 진심으로 화를 내기 시작했다. 그날은 장군이를 온몸으로 막아야 했다. 녀석은 단호한 고양이여서 사랑도 그런 종류였다. 난 그 당당함에 늘 맥을 못 췄다.

그래서 순하다는 표현이 망설여지는 것이다. 사람들은 정말 순한 동물을 원할까? 어쩌면 자신이 무엇을 원하는지 모르는 건 아닐까? 나도 장군이를 만나기 전까진 정확히 그런 녀석을 원해 왔다는 걸 몰랐으니 말이다.

하지만 다섯 아이들이 모두 순한 것은 사실이다. 사람들이 장군이를 보고 호랑이 새끼 같다고 했을 땐 '저 사람들은 고양이를 키워 본 적이 없나 보네.' 싶었지만 다섯 아이를 키워 보니 알겠다. 장군인 호랑이 새끼가 맞았다….

6월 20일

고양이 박스 앞을 지나갈 땐 몸을 낮추고 인기척을 내지 말아야 한다.
한 번 깨면 밥 줄 때까지 소리를 지르기 때문이다.

6월 21일

이런 아이들이 꼭 하나씩 있다고 한다.

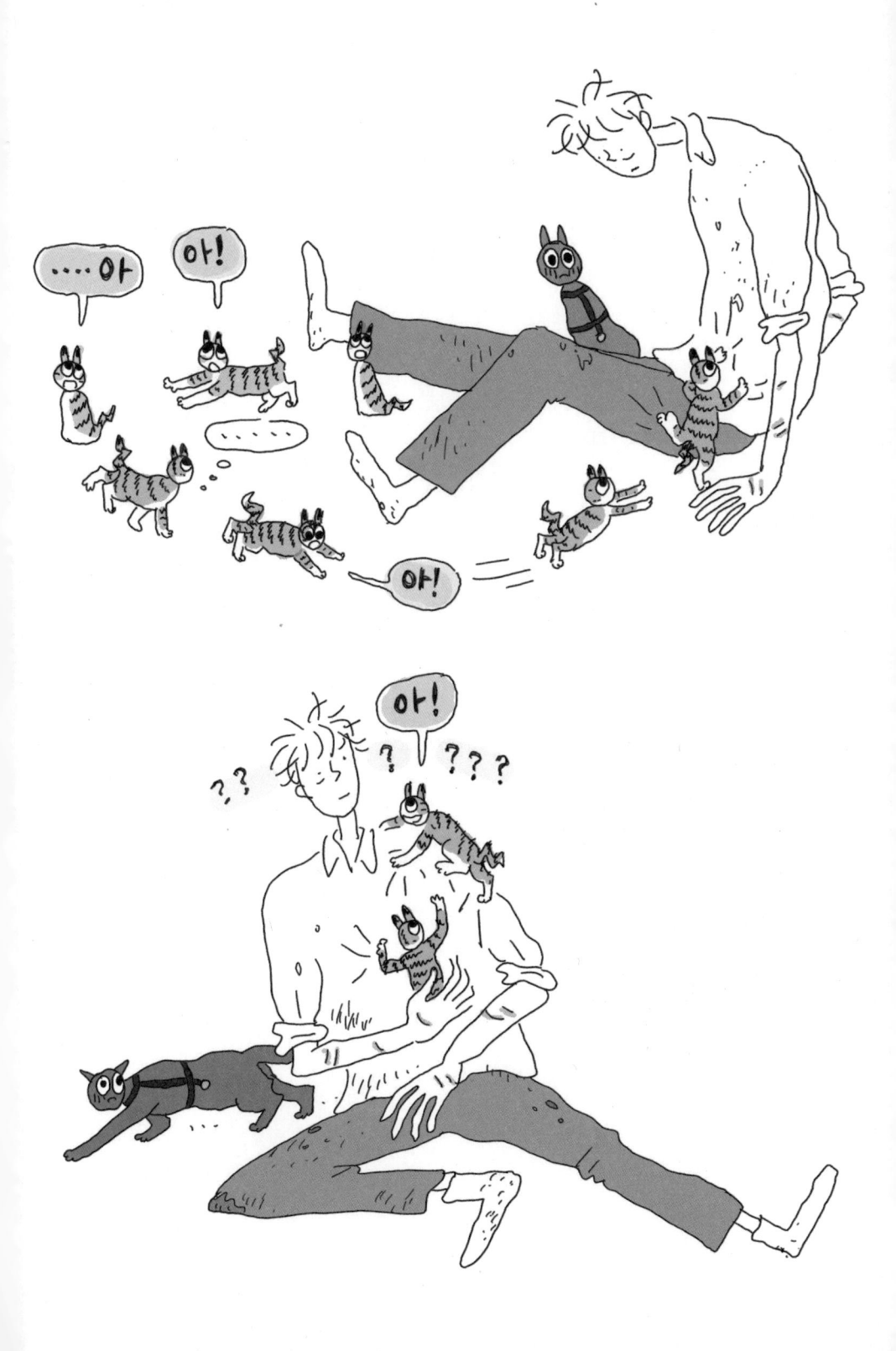

6월 22일

꼬불이가 원하는 게 있으면 되도록 들어주기로 했다.
이 조그만 생명체를 막을 수 있는 방법이 어디에도 없는 것 같으니.

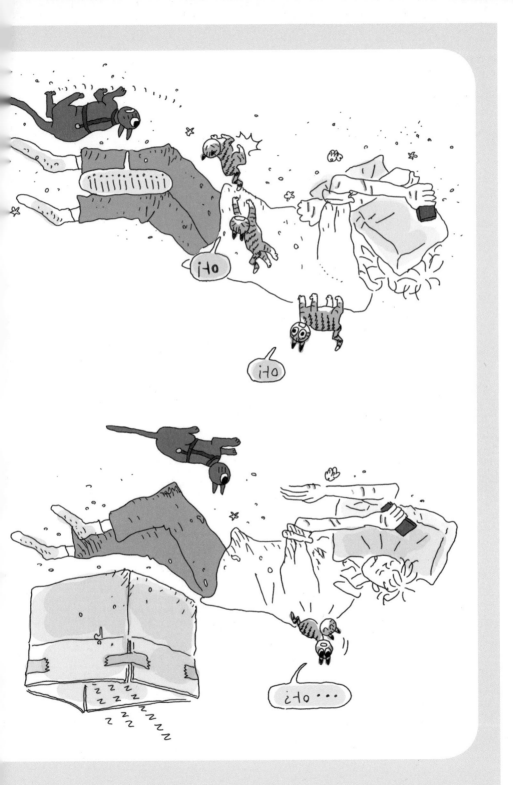

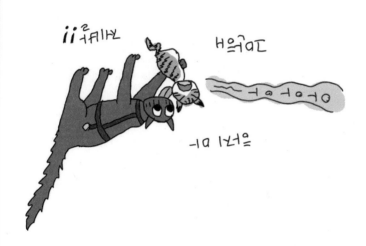

6월 23일

드디어 분유만 먹을 줄 알던 긴꼬리가 물에 불린 사료를 먹기 시작했다. 소화에도 문제가 없다. 분유는 차차 줄여 나가기로 했다.

게다가 모두 모래 화장실을 어려움 없이 이용하기 시작해서 박스 바닥에 깔아두었던 배변 패드도 치울 수 있게 됐다.

이것만으로도 냄새가 얼마나 줄었는지 모른다.

아직 긴꼬리와 꼬불이가 묽은 변을 보았다 말았다 하지만 그것도 며칠 안에 잡힐 기미가 보인다.

폭풍 속에서도 조금씩 질서가 잡혀 가는 것이 느껴진다.

새끼 고양이들에게 수유를 하는 동안 베리를 챙기지 못했다. 베리는 외로운 마음을 전할 생각은 없어 보이지만, 아이들이 자고 있는 동안에는 최대한 나와 가까이 있으려 한다.

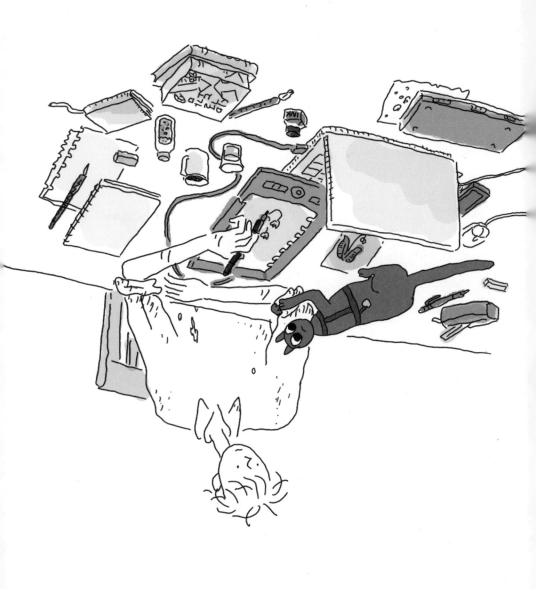

분양 홍보를 위해, 틈만 나면 사진을 찍고 있다.

새끼 고양이는 움직임이 커, 좋은 사건을 건지기가 어렵다.
특히 밀크티는 카메라와 낯까지 가려서….

오 그런데이…

용돈이 지나가면 그리워지고

양말이 떨어지면 그리워지고

6월 24일

고양이는 공동 육아를 한다더니 베리도 육아에 동참하기 시작했다.

베리가 처음 집에 왔을 때 아주 작은 것들이 아쉬웠다. 택배 아저씨를 보고 으르렁거리지 않는 것, 집 안에서 큰 소리가 나면 무슨 일이 일어났는지 둘러보기보다는 깜짝 놀라 책장 뒤로 숨어 버리는 것, 마당을 통과해 지나다니는 고양이를 보고 털을 부풀리며 경계하는 대신 기뻐하는 것.
장군이에 비하면 베리는 너무 겁이 많고 물렀다. 공간에 대한 애착도 덜한 것 같았다.

그러나 다섯 아이들을 돌보는 모습을 보며 생각이 달라졌다.
베리는 장군이와 다르니까 공간에 끼치는 영향력의 모습도 달랐다. 꼬마들이 대소변을 보고 제대로 덮지 않으면 베리가 재빨리 달려가 깔끔히 정리를 한다. 대소변 냄새가 다른 동물들을 이끌어 (야생이었다면) 공격을 당할 수 있기 때문이다.
크게 소리 지르는 아이에게 목소리를 낮추라고 하고, 혼자 떨어진 아이가 생기면 달려가 무리로 돌아오도록 안내한다. 베리는 자신만의 방식으로 공간을 조절하고 있었다. 눈에는 덜 뜨이지만 부드러운 방식으로.

6월 25일

곰돌이를 입양하고 싶어하는 분이 나타났다. 세상에.

아이들을 입양 보내겠다고 마음은 먹었지만, SNS 세상에 던진 글을 보고 실제하는 반응이 나타날 거라곤 예상하지 못했다. 바다에 띄어 보낸 유리병 편지의 답장이 되돌아온 것 같았지만 정신을 차려야 한다. 한 달 후쯤 입양 절차를 진행하려고 마음먹었던 터라 놀랐지만 아이들을 잘 보내려면 입양 절차에 대한 공부도 필요했다. 우선 길고양이를 구조해서 입양 보낸 경험이 있는 분들의 조언을 들었다. 어미 고양이가 키울 경우에는 생후 2개월 이후부터 입양을 보내지만 인간이 돌본다면 기간에 구애받을 필요가 없다고 했다. 인간에게서 인간으로 바뀌는 것이니 새끼 고양이 입장에서는 달라질 것이 없기 때문이다. 고양이끼리 놀며 학습하는 기회를 놓쳐 입질을 심하게 하는 등의 문제가 생길 수도 있겠지만 고양이가 있는 집으로 간다면 그것 또한 문제가 아니라고 했다.

입양 희망자들은 보통 주중에 의사를 밝히고 주말에 아이를 데리러 오는데 유기동물 입양이라는 게 갑작스레 구조되어 공고가 뜨는 것이기 때문에 희망자들의 일정을 고려하다 보면, 이번 주가 아닌 다음 주로 약속이 잡히는 경우가 많다고 한다. 그렇게 구두 약속이 성립되면 다른 희망자를 받을 수 없게 된다. 그러다 입양 약속이 파기되면 새끼 고양이는 다시 희망자를 받기까지 2주의 시간을 날리게 된다. 새끼 고양이는 쑥쑥 자라기 때문에 생후 4개월을 넘기면 입양자를 찾기가 어려워진다. 확실치 않은 입양 희망자를 몇 번 상대하다 보면, 시간은 금세 지나간다. 결론은 입양 절차는 빠를수록 좋다는 것이었다. 이런 저런 이유로 입양이 파기된 이야기를 듣다 보니 마음이 급해져 바로 입양신청서와 계약서를 작성했다. 한국고양이보호협회에서 사용하는 계약서에서 몇 조항을 삭제한 후 사용하기로 했다.

한국에서는 절차 없이 어디서든 고양이를 데려올 수 있다. 고양이는 내리는 비처럼 흔하니까. 그런데 이렇게 깐깐하게 굴며 아이들의 집을 찾아줄 수 있을까? 이 흔한 길고양이의 새끼들을?

입양신청서

신청인 성명:
성별, 연령, 전화번호, 이메일:
통화하기 편한 시간:
사시는 지역(예: 서울, 경기, 강원):
결혼 여부, 신청인 직업:

- -

① 반려동물을 키우신 적이 있으신가요?
(만일 있으시면 어떤 종류인지, 얼마나 오래 키우셨는지
지금은 어떻게 되었는지 적어 주세요.)

② 현재 집에서 다른 동물을 키우고 계십니까?
(있으시다면, 다음 사항에 체크해 주세요.)
종류(   ) 나이(   ) 성별(   ) 중성화 여부(Y / N)

③ 귀하의 가족은 모두 몇 명인가요?
어른(   )명, 아이(   )명, 아이의 나이(   )세

④ 거주하고 계신 주택의 형태를 적어 주세요.
(아파트, 단독주택, 빌라/ 다세대 원룸, 기타)

⑤ 가족들은 입양에 대해서 모두 찬성하시나요?
(모두 찬성, 부분 찬성, 본인 제외 모두 반대)

⑥ 만약 댁에서 새로운 아기가 출생할 경우
입양된 동물을 계속 키우실 수 있겠습니까?

⑰ 귀하와 가족의 부재시 (여행, 명절, 휴가 등) 반려동물을
어떻게 관리하실 예정이신가요?

⑧ 중성화 수술에 대한 귀하의 의견은 어떠신지요?

⑨ 반려동물을 입양하시려면, 책임비 (5만원: 중성화 수술
영수증을 보내 주시면, 먹이시는 사료제품 등으로 구매하여
전액 돌려드립니다.)를 납부하셔야 하며, 중성화 수술 시행에도
동의하셔야 합니다. 동의하십니까?

⑩ 그 외에 입양신청에 관해 덧붙이고자 하시는 말씀이
있으시면 적어 주시기 바랍니다.

끝까지 답변해 주셔서 감사합니다.

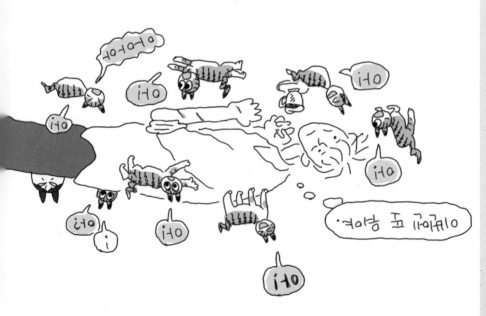

6월 26일

장군이를 키울 때는 한 달이 지나서 항복했는데, 이번에는 일주일
만에 고비가 찾아왔다.
밥 먹이고 똥 치우고, SNS에 사진 찍어서 올리고, 신청자들과 이
야기하고, 홍보용 그림 그리고, 다시 밥 먹이고 똥 치우고, 틈날 때
마다 피부병 약 발라 주고, 놀아 주고 재우고.
이상하게 똥을 치우면 누군가가 나타나 똥을 싸고, 그걸 치우면 또
누군가가 나타나 똥을 싼다. 치울 때마다 씻어서 손이 다 텄는데
다들 계속 싸고 있다.

알았어　　　　　알았어
배변유도라 이거지.

내가　야무지게　해　주겠어.

자꾸 도망가지 마.
이멍청이들.

배변유도 하잖아

6월 27일

모두 공평하게 배가 터지기 직전까지 먹지만 남자 아이들의 덩치가 더 빨리 커지고 있다. 뼈의 굵기와 근육량도 차이가 나기 시작해서 남자 아이를 잡으면 두 손 가득 두툼한 덩어리짐을 느낄 수 있다.
여자 아이들은 근육량이 그보다 적어서 조금 더 부드럽다. 안으면 녹은 떡처럼 늘어지면서 두 손, 두 팔 사이로 흘러내린다.

아이를 혼자 키워야 하는 암컷이 이런 몸을 갖는 것이 부당하게 느껴졌던 적도 있다. 하지만 시로를 만나고 난 뒤부터 그런 생각은 더 이상 하지 않는다. 시로는 작년 여름에 구조한 페르시안 고양이로, 조그마한 몸을 타고났음에도 터미네이터 시리즈의 사라 코너 같았다.
구조 당시에 1.7킬로그램도 채 안 됐고, 공주님 같은 새하얀 털에 파란 눈을 했지만 행동은 마체테를 든 미국 좀비물의 남자 주인공 같았다. 구조하자마자 옆구리를 봉합하는 수술을 했는데 몸이 쇠약한 상태라서 수술 부위가 늦게 아물 것을 고려해 실밥 푸는 날을 조금 뒤로 잡았다. 그런데 시로는 금세 회복하더니 병원예약 날짜가 되기도 전에 실밥을 이빨로 죄다 물어뜯어 놓았다. (상처는 깔끔히 아문 뒤였다.)

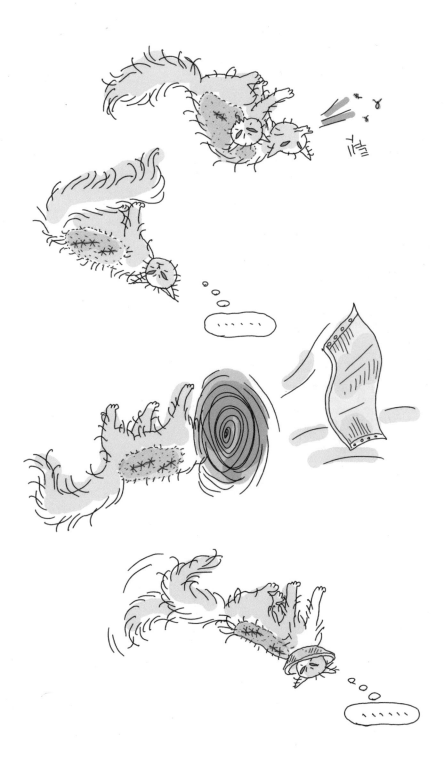

그다음부터는 나와 베리를 공격하기 시작했다.

시로가 당시 새끼 고양이였던 베리를 죽일까 봐 걱정이 돼서 방에 격리시켰는데 방패막이 없으면 밥그릇을 두고 나올 수도 없었다. 그때마다 궁금증을 참지 못하고 따라 들어온 베리는 시로에게 얻어맞았다.
시로는 한두 대 경고 차원으로 때리는 것이 아니라 뜨거운 물을 뿌려 잡초의 뿌리까지 익혀 죽일 태세로 공격했다.
그렇게 맞으면서도 베리는 시로를 너무 좋아했다. 격리를 위해 방문을 닫고 의자를 몇 개 겹쳐서 그 앞을 막아도 문틈에 발톱을 꽂아 온 힘을 다해 문을 열었다. 그렇게 들어가서는 시로에게 또 얻어터졌다.

베리는 몸도 작고 이해할 수 없을 만큼 천진하지만 계곡의 송사리처럼 빨랐다.
닫힌 문을 열고 들어가 깐족거리다 탱탱 볼처럼 잽싸게 도망치기를 반복했다.
시로도 매번 와서 혼나고 가는 베리가 지겨웠는지 어느 날부터는 공격하길 멈췄다.

지금 생각해 보면 시로는 구조되기 전의 길생활로 트라우마를 겪고 있었던 것 같다.
수건 뭉치만 봐도 살아 있는 동물인 줄 알고 공격했고, 자신의 뒤편에서 기척이 느껴지는 것을 못 견뎌 했다.
언제라도 빵 터질 것처럼 긴장 상태였다. 그래서 사람에게 사랑을 받고 싶으면서도 실제로 예쁨 받는 것은 불편해 했다.
쓰다듬을 받다 기분이 고조되면, 그게 공격으로 인한 흥분인지 애정으로 인한 것인지 헷갈려 하다 사람을 공격했던 것이다.

나는 시로가 나아질 수 있을지 확신할 수 없었다. 그렇게 한 달이 지나고 베리에 대한 공격이 줄어들면서 시로의 몸에 가득 차 있던 긴장도 어딘가로 새어 나갔다. 베리가 매일같이 얻어터져 주면서, 긴장이 콜라병 안의 김처럼 새어 나간 것이었을까? 둘은 티격태격하면서도 잘 놀기 시작했고, 나중에는 서로의 몸에 기대 잠이 들었다. 그다음부터는 베리가 깐족대며 귀찮게 해도 시로는 모든 장난을 받아줬다. 그리고 입양 갈 때쯤이 돼서는 솜사탕처럼 부드러운 애교쟁이가 되어 있었다.

시로를 만나기 며칠 전 동화책 삽화 계약을 했다. 집을 나온 고양이들의 가족을 찾아주는 고양이 탐정 이야기였다. 1권에서 집을 잃은 아이는 흰 털의 페르시안 고양이었다. 그리고 원고를 받아 읽은 지 얼마 되지 않아 트럭 아래에서 비에 젖어 축 처진 하얀 털의 페르시안 고양이 시로를 만났다.

소설을 읽으며 자란 아이는, 그럴듯한 우연을 만나면 거절할 수가 없다. 탐정 소설에 권총이 나왔는데 쏘아지지도 못하고 퇴장당하게 만들 수는 없지.

차에서 내려 걸어가 트럭 밑에 웅크리고 있던 녀석을 잡아채 품안에 넣었다. 비쩍 마른 고양이에게서는 자기 몸을 돌볼 수 없는 동물에게서 나는 특유의 악취가 올라왔다.

화실에서 일할 적에 가르쳤던 한 학생은 장군이를 꽤 좋아했다. 집에 가서도 고양이를 키우게 해달라고 때를 썼고, 얼마 지나지 않아 새하얗게 빛나는 어린 페르시안 고양이를 키우게 됐다.

이름은 페페였다. 1년 후 페페는 펫숍으로 돌려보내졌다. 성격이 못됐고, 날카로운 손톱으로 아이를 할퀸다는 이유였다.

새끼 고양이는 손톱을 감추지 못한다. 자라면서 차차 손톱 감추는 법을 익히지만 평생 배우지 못하는 아이들도 있다. 그런 아이들은 정기적으로 정리해 줘야 하지만 고양이 손톱이 30개씩 자라는 것도 아니고 생명체를 키우기로 결정했다면 이 정도는 큰 어려움이 아니어야 한다.

암컷 고양이는 발정이 오면서부터 사춘기가 시작되는데 그 시기엔 호르몬 변화로 성격이 강해지고, 발정기의 긴장감을 해소시킬 방도가 없으면 아주 날카로워진다. 그래서 생후 4~6개월 정도부터 생기는 성격 문제는 중성화수술을 통해 해결하기도 한다. 이쯤 되면 놀랍지도 않지만, 페페는 중성화수술도 안 되어 있었다.

학생은 페페가 아이를 낳으러 갔다고 말했다. 펫숍으로 돌려보내졌으니 공장의 기계처럼 새끼를 빼는 곳으로 갔을 것이다.

그즈음 TV에서 품종견과 품종묘를 생산하는 공장식 농장에 대한 프로그램이 방송됐다. 조그만 개가 더 이상 새끼를 낳을 수 없게 되자 그곳 주인은 개를 땅에 묻고 그 위를 발로 밟아 아이의 숨을 끊었다. 페페가 아이를 낳으러 갔다는 학생의 말을 듣자마자 후회했다. 너무 후회했다. 그 아이에게 장군이를 보여 주는 것이 아니었다.

처음엔 학생도 슬퍼했고, 페페의 편을 들어 항변했다. 부모의 잘못에 대해서도 정확히 알고 있었다.

하지만 학년이 올라가면서 고양이에 대해 말할 기회가 생길 때마다 녹음된 것처럼 같은 이야기를 반복했다. 페페는 정말 성격이 나빴고, 자신은 더 이상 고양이를 좋아하지 않는다는 것이었다. 그것이 가정 내에서 결정권이 없는 아이가 할 수 있는, 슬픔을 다루는 최선의 방법이었을 것이다. 그사이 부모는 학생에게 새하얀 강아지를 다시 선물했다. 학생의 오빠는 강아지를 예뻐하는 동생에게 배신자라고 말하고는 방으로 들어갔다고 한다.

시로를 만났을 때 그 고양이를 떠올렸다.

이 아이가 그 손톱이 날카로운 고양이라면. 아이를 낳으러 보내졌다가 도망쳐서 나에게 온 것이라면, 그래서 내가 동화에서처럼 좋은 집을 찾아줄 수만 있다면.

나랑 놀아 주는 건 좋아.
하지만 엄마랑 붙어 있는 건
안돼!!!

6월 28일

장마가 그치고 무더위가 시작됐다.
고양이들은 더위에 이전보다 길고, 깊게 잠이 들어 오랜만에 조용해졌다.
그동안 사람들이 보내온 신청서를 읽고 있다.
신청서에 적힌 키워드로 인터넷 검색을 해서 나오는 건 뭐든 다 건져 보고 있다.
SNS를 하는 사람이라면 아주 좋다.
소름 끼치는 짓이지만, 새끼 고양이만 보면 입양하는 호더는 아닌지, 받아서 뱀 먹이로 줄 인간은 아닌지 확인해야 하기 때문이다.

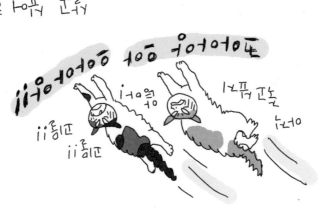

6월 29일

본격적인 사냥놀이가 시작됐다.
아이들은 상대가 자기 옆에 있다는 이유만으로 깨물고 넘어트리고 덮친다.
싸우다 상대가 바뀌어도 누구도 신경 쓰지 않는다.
방 안에 풀어놓으면 꼬마병정처럼 작은 전쟁을 벌이며 엎치락뒤치락한다.

긴꼬리는 덩치가 작은 편이라 덩치 큰 아이들에게 금세 공격당하지만 그때마다 생식기를 무는 필살기를 쓰며 반격한다.
처음 집에 왔을 때부터 몸이 약했으니, 기가 죽지 않은 것만으로도 칭찬해 주고 싶지만, 다른 녀석들이 보고 배워서 서로의 생식기를 물어대는 것이 시간 문제라, 귀를 찢는 비명이 들릴 때마다 달려가서 누군가의 엉덩이에 매달려 있는 긴꼬리를 떼어내고 있다.

집에 도착한 지 얼마 되지 않았을 때부터, 아이들은 공복 시간이 조금이라도 길어지면 서로의 생식기를 빨기 시작했다. 그럼 어미 고양이가 배변유도를 해 주는 것처럼 소변을 볼 테니 그걸 먹는 것이었다.

이런 행동에 대해서는 들어본 적이 없어서 당황했다. 생각해 보니 아이들이 어미와 떨어지고 배를 곯았던 기간이 있었고, 그 시기에 아무 곳이나 빨다가 발견한 뭐라도 나오는 곳이 생식기가 아니었을까 싶다.

장군이도 분유를 먹던 시절에 내 손의 아무 곳이나 빨아댔었다.

먹성이 좋은 꼬불이와 밀크티가 특히 그런 행동을 많이 했는데 기운이 없어 자는 시간이 긴 긴꼬리가 얼렁뚱땅 표적이 되곤 했다.

이제는 분유가 아닌 깨물어 먹는 음식을 먹게 되자 생식기도 빠는 것에서 무는 것으로 넘어간 모양인지. 볼 때마다 말리고 있다. 긴꼬리가 자다가 자꾸 소리를 지르며 깨어난다. 고통스러운 기억을 되살려 필살기로 써먹기 시작한 것은 대견한 일이지만 칭찬해 줄 수가 없어 아쉽다.

곰돌이는 아이들과 잘 놀다가도,
　　무리에서 떨어져 나와 관망할 때가 있다.

찰싹 붙어 있을 때에도 어리광을 부린다는 느낌이 없다.
사람을 좋아하지만, 애정이 돌아오는 일에 대해선 흥미가 없다는 것처럼.

9개의 삶 중, 5, 6번째를 살고 있는 것 같다.

이런 시큰둥함은
겨울을 두 번은 넘겨야
나올 수 있는 것인데…

같이 놀 땐 새끼 고양이들도
나쁘지 않아요.

게다가
고양이들은 금세 자라니까요.

시큰둥…

6월 30일

아이들이 바서 떨어지기 시작했다.

삼색이만 매번 박스를 빠져나오지 못해 애처로운
얼굴을 하고 울고 있다.

고양이들이 박스 밖으로 나올 수 있게 되자, 인간의 침대를 점령하는 것은 시간 문제였다.

여섯 마리 동물에게 둘러싸인 채 드는 잠은 황홀하다. 하지만 제대로 된 잠을 잘 수는 없다.

얕은 잠 속에서 컬러풀한 대하 서사의 꿈을 몇 개씩 꾸게 되는데 베리가 처음으로 내 몸통에 딱 달라붙어 잘 때도 그런 꿈을 꿨다. 엄청나게 많이.

자다가 나도 모르게 조그만 고양이를 누르지 않을까 신경이 곤두서니 몸은 잠들어도 정신이 그렇지 못해 꾸는 꿈마다 모조리 기억해 버리는 것이다.

장군이가 어렸을 때도 그랬다.

그때는 아예 장군이를 절대 뛰어넘을 수 없는 박스 안에 안전히 넣어 두었지만 (장군이는 싫어했다. 너무 싫어해서 크고 나서도 박스만 보면 도망쳤다. 올 때마다 박스를 들고 나타나는 택배 배달원과, 택배 차량의 엔진 소리까지 싫어하게 됐다. 장군이는 박스에게 나와 자신의 사이를 영원히 가를 수 있는 힘이 있다고 믿는 것같이 행동했다.)

그래도 꿈은 계속 기억됐다.

그때 꾼 꿈들은 모두 똑같은 스토리라인을 가지고 있다. 어디선가 고양이가 나타나고, 그것들이 모두 내 앞으로 와, 수없이 다양한 방법으로 죽어 갔다. 그럼 나는 어쩔 줄 몰라하며 아픈 고양이를 품에 안고 동분서주하다 한 마리도 살리지 못하고 꿈에서 깨곤 했다.

노랑 고양이는,
친화력이 좋다는 이야기가
있다.

장군이를 키우면서는
혈액형별 성격처럼 근거 없는
소리라고만 생각했는데

아아~

우연찮게도, 5형제 노랑이들은 사랑을 무척 좋아한다.

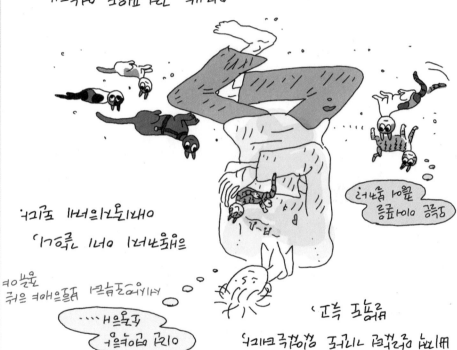

흰둥이와 베리의 첫 만남

흰둥이와 시로의 첫 만남

흰둥이와 아이들의 첫 만남

얘들아
아저씨야

쿠다

와

머리 엄청 커!

돼지다

여긴 정말 끊임없이
고양이가 드나들어…

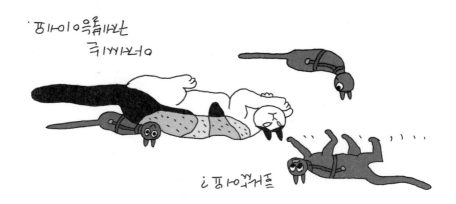

7월 1일

곰돌이의 입양이 성사됐다. 새로운 가족은 1시간 반 거리를 달려와 계약서를 작성한 후 곰돌이를 데려갔다.

고양이 때문에 그렇게 멀리서 오냐며 놀라는 사람들이 있다. 동물을 대여섯 마리쯤 구조하면 처음에는 주위에 알음알음으로 보내면 될 것 같지만 발등에 불이 떨어질 때쯤 돼서는 생각보다 괜찮은 입양처가 적고, 그에 비해 한국은 그리 넓지 않게 느껴진다.

임보하는 사람들은 종종 어느 지역에 살든지 상관없이 데려다 드리겠다는 명시를 미리부터 해두기도 한다.

데리러 오는 분들의 경우는 절박함이랑은 다른 동기지만 사랑에 빠지면 귀찮음부터 사라지곤 하니, 그때도 한국은 조그마해지나 보다.

시로도 꽤 멀리 입양을 가게 됐다. 우리 집에 있을 때 창문 밖을 보는 걸 유난히 좋아했는데 안타깝게도 시로가 머무는 방의 창으로 보이는 것은 맞은 편 건물의 벽뿐이었다.

하지만 지금 시로의 창엔 멋진 것들이 있다.

탁 트인 하늘과 바다, 부산항과 컨테이너 터미널, 점등을 하면 알록달록하게 빛을 내는 부산대교, 그곳을 쉴 새 없이 오가는 차와 수많은 종류의 선박, 떼를 지어 다니는 갈매기와 매일 모양과 색이 다른 구름과 섬, 산, 산을 휘감은 안개와 노을. 가끔씩 시로가 볼 모든 것을 떠올린다.

그럼 조금 행복해진다.

성대를 진동시키며 내는 듯한 우르릉거리는 소리는 새끼가 울거나, 무리에서 떨어져 혼자 돌아다닐 때와 같은, 자신의 보호가 필요한 상황에서 나온다. 방울이 굴러가는 듯한 상냥한 소리.

아이들이 베리의 빈 젖꼭지를 물며 밥을 달라고 보챌 때, 혹은 베리가 아기들과 레슬링을 하며 놀아 주다 자기도 모르게 집중해 버려, 물어 버리고 싶지만 물 수 없을 때 단전에서 올라오는 허스키한 비명을 지른다. 한 대 때리고 싶은 것을 인내하는 소리인 것 같다.

베리가 나에게 말을 걸 때는 새끼 고양이가 엄마 고양이에게 말을 걸 때와 같은, 스타카토처럼 짧게 끊기는 소리를 냈었다. 귀엽긴 해도, 변주가 있진 않았다. 아이들이 온 후, 베리의 새로운 목소리를 들을 수 있게 돼 기쁘다.

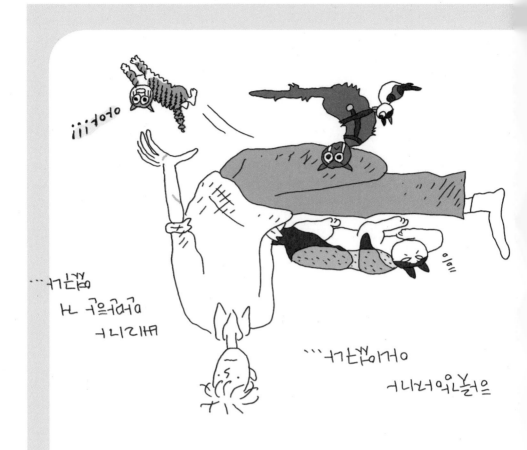

명크라이 피부색이 밝아서 내 아이를 데리고 동네병원에 다녀왔다.

7월 2일

피부병 곤란하죠.

고양이들끼리 뭉쳐 있으면,

낫는가 싶다가도, 서로 옮겨서 윤제거든요.

배양검사 결과는 나오는 대로 연락드릴게요.

진균제는 일주일 치 처방해 드릴 건데, 한 마리 빼드리고

결재해서, 103,950 원이고

3주는 먹이셔야 할 거예요.

곰팡이성 피부염인 링웜은 큰 병은 아니지만 질기게 오래가고 손이 많이 간다. 다섯 아이 중에는 곰돌이와 밀크티만 피부병 증세가 있었고, 환부가 크지 않아 약국에서 구입한 소독약을 희석해서 닦아 주었다. 흰둥이가 습한 여름에 가끔 달고 오는 것이라서 익숙했고, 그럴 때마다 이 방법으로 금세 나았기 때문에 대수롭지 않게 생각했다. 그것이 예상치 못하게 아이들 모두에게 번졌다. 성인 고양이와 새끼 고양이의 면역력은 당연히 큰 차이가 있는 걸 생각지 못한 탓이었다. 수의사 선생님은 치료는 3주 이상 걸리고, 진료비가 많이 들 것이라고 미리 알려 주셨다. 놀랍지도 않았다. 고양이 다섯 마리가 담긴 박스를 보자마자 알았다. 이건 최소 마이너스 100만 원짜리 박스가 될 것이란 걸.

병원을 다녀와 곰돌이 입양자에게 연락을 했다. 곰돌이를 보낼 때 피부병 때문에 목 부분 털이 빠진 걸 알리면서 보기에는 이래도 다 나은 상태라고 말했는데 그게 졸지에 거짓이 되어 버린 것이다. 계약서까지 쓰게 했으면서 정작 아이의 상태에 대해서 이렇게 부정확하게 말했다니. 게다가 입양자가 이미 반려하고 있던 고양이에게 옮길 수도 있었고, 피부병 때문에 파양된 아이도 본 적이 있어서 진땀이 났다. 아이들의 상태를 전하며 곰돌이에게 추가로 드는 병원비를 부담하겠다고 했다. 입양자는 데리고 가던 날 바로 병원에 가서 벌써 링웜 상태에 대해서 알고 있었고, 곰돌이는 격리되어 치료받고 있었다. 자기가 이 아이를 책임지겠다고 입양했으니 치료비도 자신이 내는 것이 당연하다는 답장을 보내왔다.

약을 먹고 나면 다들 숙연해진다.

7월 3일

창 밖에서 비 냄새가 바람을 타고 들어온다.
꼬불이를 들어올리자 코를 올려 바람 냄새를 맡는다. 창틀 가까이 내리자 밖을 궁금해하며 둘러봤다. 나머지 아이들도 비 냄새를 맡을 수 있는지 들어올렸는데, 아직은 무서움이 더 큰 것 같다.
꼬불이는 주변에서 일어나는 일에 관심이 많고, 두려워하지도 않는다.
용감한 아이들은 마주치는 많은 것들과, 사람의 눈을, 피하지 않고 들여다볼 줄 안다.

동물 입양에서 가장 먼저 제외되는 대상은 미성년자다. 그다음으로는 군미필자, 미취업자, 마당이나 베란다에서 고양이를 키울 예정인 사람, 원룸에서 혼자 살거나 임신 예정인 신혼부부, 반려동물을 키워 보지 않은 사람도 뒤로 밀린다. 같은 조건이면 남자도 밀린다.

장군이를 만났을 땐 나도 고양이를 키울 만한 상황이 아니었다. 그때 돈이 급하게 필요해서 책을 팔기도 했는데, 아르바이트를 해서 번 돈으로 다 읽지도 못할 책을 사들였던 걸 되팔았다. 확실히 책은 그때나 지금이나 돈 만들기에 좋은 품목은 아니다.
어찌됐건 장군이는 자랐다. 그런 이유로 입양에 제약 조건을 달지 않았다.

그리고 미성년자로부터 연락이 왔다. 미성년인 걸 알자마자 조건을 쓰지 않은 자신을 비난하며 거절할 구실을 생각하기 시작했다. 하지만 딱히 명분을 찾을 수 없었던 나는 입양신청서를 보호자가 쓰기로 하고, 절차가 진행되기 전 보호자와 확인전화를 하는 것으로 이야기를 마쳤다. 전화를 끊고 입양 신청서 파일을 보냈다. 얼마 지나지 않아 빈칸이 채워진 신청서가 도착했고, 이번에는 잘되지 않을 거라는 예감이 들었다.

나는 밤늦게 연락하는 입양신청자들이 좋았다. 밤늦게 연락한 것을 미안해하면서 '잊어보려고 했지만, 눈앞에 아른거려… 이 늦은 시간에 연락하게 됐습니다.'라고 주저함을 내보이는 사람들.

살아 있는 걸 기르는 수고로움과 자신의 일상을 병행하는 일에 대해 해가 떠있는 내내 고민하다 밤이 돼서 눈앞에서 아른거리는 새끼 고양이의 모습에 연락하는 사람들의 망설임에 신뢰가 갔다.

신청서를 읽고 난 후 보호자인 어머니와 통화를 했다. (신청서에는 신청자의 할머니 번호가 적혀 있었는데 이야기가 길어지자 어머니의 번호를 주셨다.) 대화를 해보니 보호자가 직접 신청서를 쓰지 않았고, 세부 사항이 거짓이라는 것을 알게 됐다. 마지막으로 키운 반려동물을 죽을 때까지 키웠다고 적혀 있었지 만 사실은 데리고 온 지 얼마 되지 않아서 파양을 했다고. 어머니는 고양이 키우기가 어려운지를 묻다 걱정스럽게 말했다.

"아무도 고양이를 입양하지 않으면 아이가 죽게 되나요?"

그런 일은 없으니 편하게 생각하고 다시 연락 달라고 하자 어머니의 마음 이 놓이는 듯했다. 연락이 와도 입양을 보낼 생각은 없었고, 연락이 오지 않 을 것도 알고 있었지만, 끝은 그렇게 맺었다. 그 이후로는 미성년자의 입양 신청을 받지 않았다.

7월 4일

며칠 전 꼬불이의 입양자가 정해졌다.
피부병 치료를 마친 후 데려가도 된다고 하자 입양자는 고민을 하다 완치가 되면 그때 데리러 오겠다고 했다.
우리 집과 가까운 곳에 사시는 분이어서 아이가 보고 싶으시면 언제든지 만나러 오시라고 했다.
그리고 그 분이 오늘 꼬불이를 보러 왔다.
꼬불이와 긴꼬리, 삼색이와 밀크티가 뛰노는 방에 한참을 있던 입양자는 마음을 바꾸어 바로 데리고 가겠다고 결정을 내렸다.
한 아이라도 빨리 입양 가는 것이 나머지 아이들에게도 좋다. 피부병에 걸린 녀석들이 뭉쳐 다니면 서로 병균만 옮길 테니 말이다.
기쁜 마음으로 아이를 이동장에 넣었지만 막상 보내 놓고 보니 이별을 한 전 애인이 된 것처럼 질척거리고 싶은 기분을 어쩌지 못하고 있다.
오랜만에 맥주를 마시며 마당에 앉아 있는데 흰둥이가 옆으로 다가오더니 아무렇지 않게 널브러졌다.
흰둥이는 좋은 술친구다. 술은 한 모금도 안 마시지만 그것만 빼고 술친구가 해야 하는 모든 일을 해 준다. ᠂

7월 5일

학생의 아버지가 아이들 병원비를 모두 내주기로 했다.
처음부터 필요한 모든 물품과 예방접종 비용을 내겠다고 했
는데 예방접종은 새 가족에게 맡기고 대신 피부병 치료비를
부탁했다.
다섯 아이들의 입양을 위해서 도와주는 분들이 많다. 내 첫
번째 책을 낸 출판사의 편집장님도 임보 소식을 듣자마자 새
끼 고양이용 사료 10리터를 보내 주셨고, 그 책의 원화를 전
시했던 서점들과 책을 읽고 내 SNS를 찾아온 독자들이 고양
이 입양 홍보를 해 주고 있다. 모두 감사합니다.

홍보를 위해 올린 이 그림을 보고, 삼색 고양이
반려인 여섯 명이 자기네 고양이와 똑같다는 글
을 남겼다.
세상엔 몸치인 삼색이가 많은 것일까?

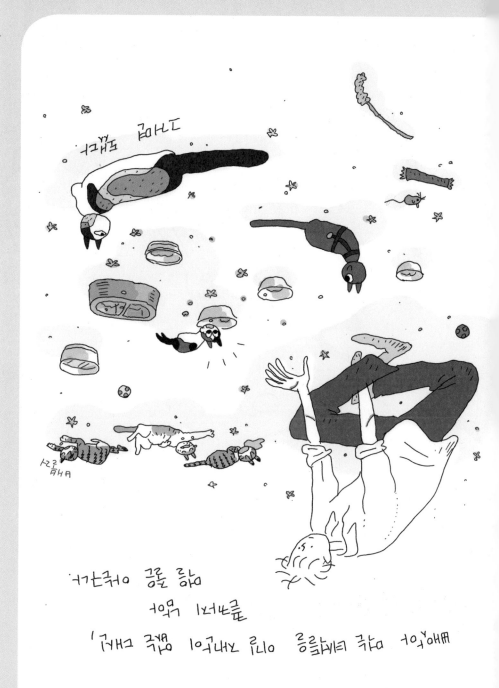

7월 6일

밀크티가 가벼운 분리불안을 겪고 있다.

꼬불이가 다섯 아이 중 가장 활발했기 때문에 녀석이 떠나고 난 뒤 방은 이전과 다르게 휑한 기운이 돈다.

사람도 느끼고, 아이들도 느끼기 시작한 듯하다.

긴꼬리는 이전보다 사람에게 더 치대며 아기 짓을 하고, 밀크티는 인간과 고양이 형제들이 시야에 없으면 소리를 지른다. 자기가 화장실에 있는 동안 아이들이 옆방으로 놀러 가면 일을 마치고 나와서는 당황하며 울고 만다.

내가 밥을 먹으러 나가도 닫힌 문 뒤에서 "빽~!" 하는 비명 같은 소리를 낸다. 문틈으로 얼굴을 들이밀고, 다시 인사를 하면 그제서야 안심이 되는지 조용해진다. 그뿐 아니라 화장실만 가도 문 앞에서 스핑크스와 같은 자세로 앉아 기다린다. 정말 성가시고 귀엽다.

우리 둘만... 남았어?

7월 7일

긴꼬리도 떠났다.

그동안 입양신청자와 통화를 하면 내 쪽에서 상대방이 질릴 정도로 긴 이야기를 쏟아부었다. 그건 입양신청서나 계약서, 책임비와 비슷한 것이었다. 상대를 귀찮게 만들어 어디까지 감수할 수 있는지 조금씩 밀어붙이며 확인한 뒤 안심하고 싶었다. 긴꼬리 입양자는 그럴 필요가 없었다.

긴꼬리가 새집에 도착해서 사용하게 될 물건이 익숙하길 원해서 (긴 전화통화와 연이은 장문의 메시지를 통해) 필요한 용품을 내게 하나하나 확인받으며 구매했고, 긴꼬리의 새 이름으로 SNS 계정도 만들었다.

약속한 주말이 되자 긴꼬리를 데리러 먼 길을 운전해 오셨다.

들뜬 세 명의 입양자는 흥분 상태로 아이들이 있는 방으로 들어왔고, 긴꼬리를 보자마자 기쁨의 환호성을 질렀다. 그동안 자기들의 우는 소리를 제외하면 조용한 환경에 익숙해져 있던 아이들은 우왕좌왕하며 도망가기 시작했다.

내게 안겨 있던 삼색이는 겁에 질려 어깨에 손톱을 박았다.

나도 예전에는 고양이를 만나 인사를 하는 것만으로 모두를 달아나게 만들었다.

장군이가 온 후로는 어떤 감정들이 자연스럽게 정제가 됐는지 고양이에게 다가가는 일이 쉬워졌다.

세 분도 고양이의 주파수에 맞추기까지 시간이 필요할 것 같았지만 그것도 곧 문제가 아니게 됐다. 긴꼬리가 금세 새로운 가족에게 다가가 애교를 부리기 시작한 것이다. 긴꼬리는 거대한 사랑을 기다리고 있었으니까.

입양자분들은 긴꼬리와 긴꼬리의 형제들이 어떻게 생겼는지를 눈으로 한참을 담고 나서, 다시 먼 길 운전을 하기 위해 긴꼬리와 함께 떠났다. 그리고 얼마 지나지 않아 새 메시지가 도착했다. 긴꼬리가 달리는 차 안에서도 개의치 않고 골골거리고, 계속 달라붙어 있으려고 해 당황스럽기까지 하다는 내용이었다.

언제 저렇게 살이 쪘지?

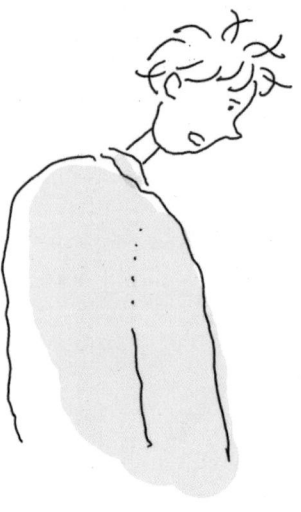

7월 8일

베리가 살이 쪘다.

7월 9일

오늘은 밀크티를 데려다주고 왔다.
밀크티와 긴꼬리, 꼬불이 모두 바람처럼 떠나간 것 같다.
아이들의 피부병이 낫지 않은 상태였기 때문에 입양 결정이 난 후에도 치료를 마치고 보내는 것으로 이야기가 진행될 듯했다. 그런데 며칠 지나지 않아 세 분 모두 데려가서 직접 치료하겠다고 연락을 해왔다. 함께 살겠다고 마음을 정하면 그 뒤로는 기다리기가 어려워지는가 보다. 상대를 어떻게 생각하는지 모르고 있다가 입밖으로 내는 순간 감정의 행방이 정해지는 것처럼.
그렇게 밀크티도 예상했던 날보다 일찍 떠나게 됐다. 이번엔 내가 입양자에게 직접 데리고 가기로 했다.

이동장에 넣으면 반려동물도 버스와 기차에 탈 수 있다. 기차는 광견병 주사를 맞은 증명서를 지참해야 한다는 조건이 있어서 코레일에 전화를 했다. 사정상 주사를 맞을 수 없지만 전염병이 없고, 수의사의 소견서가 있다면 탑승이 가능한지 물었다. 케이지 안에 있다면 퇴실을 강제할 수 있는 조항이 없기 때문에 구색만 맞추면 문제가 없을 거라는 답을 들었다. 그렇군….
밀크티의 입양처는 버스로만 갈 수 있기에 그 문제는 접어 두고 적절한 시간대로 두 자리를 예매했다.
해당 버스회사에도 확인전화를 했는데 케이지 안에만 있으면 괜찮다는 답을 들었다. 폭염이 이어지던 중이었지만 마침 단비가 내려 기온이 떨어졌다. 이동장에 혼자 들어가게 된 밀크티는 겁에 질려 몇 분 울더니 금세 조용해졌다.

새끼 고양이가 든 이동장은 벌통같아 사람들의 시선이 계속 달라붙는다.
고양이를 네 마리나 담고 동물병원에 가면 단번에 주목을 받을 수 있다. 나는 병원 한 구석에 앉아 조용히 존재하려 하지만, 벌통 속 고양이들과 함께라면 무리다. 이번에도 누군가 다가와 말을 건네기 시작했다.

아, 정말 귀여운 고양이에요. 얘는 어디를 가는 건가요? 입양을요? 어디로요? 그렇게 멀리? 왜 안 키우시고요? 아아~ 저도 고양이 두 마리를 키우고 있어요.
그리고 이어지는 친절한 웃음.
젊은 여성은 내게 좋은 일을 한다고 말하고는 이동장 앞에 앉아 밀크티와 눈을 맞췄다.

나도 장군이를 살리고, 그 일로 여러 사람에게 칭찬을 받을 때까지는, 정말 그런 줄 알았다. 내가 느끼는 뿌듯함에 근거가 있는 줄 알았지만, 시간이 지나면서 모호해졌다. 육식동물을 살리면, 그 동물이 살아 있는 내내 누군가는 죽는다. 고기가 되는 가축이나 지구온난화에는 안 좋은 소식일 거다.

어쩌면 고양이들이 너무 많이 죽고 있기 때문에, 한둘 살리는 것에 더 이상 가치를 느끼기 어려워진 것일지도 모르겠다. 구조에 실패하기도 하고, 눈앞에서 고양이의 죽음을 목격하면서 감정에 압도당한 건지도 모른다.

아니면 단순히 우울한 걸 수도 있다. 장군이가 떠나고 난 후로, 내 어떤 부분은 좀처럼 회복이 되지를 않는다.

하지만 내가 마음이 약한 사람이고, 그걸 좋게 봐 주는 것이라면 웃어 보일 수 있다.

여성은 내게 전문적으로 고양이를 구조하는 사람이냐고 물었다. 뭐라고 대답할지 머리로는 망설였지만 반사적으로 아니라고 답했다. 대화가 오가는 속도가 느려지자 여성은 사뿐히 일어나 인사를 건네고는 자신의 버스가 기다리는 곳으로 떠났다. 고양이들이 잘하는 물 흐르는 듯한 퇴장이었다.

밀크티는 탑승 내내 조용했다. 버스에 고양이가 있다는 걸 아는 승객이 있는지 모를 정도로.

실내온도는 괜찮았지만 울림과 소음이 심해서 밀크티는 바닥에 웅크려 조금
도 움직이지 않았다. 이동장 문틈으로 손을 넣어 녀석의 몸을 덮었다.

1시간 반은 빨리 흘러 터미널에 도착했고 입양자도 바로 만났다. 웅성거리는
터미널 대합실에서 계약서를 나눠 쓰고 밀크티에게 인사를 하고 헤어졌다.
집으로 돌아오는 승차권을 예매하고, 빈 이동장을 들고 터미널 근처를 돌아
다녔다. 배가 고프지 않았지만 점심을 먹고 버스를 탔다. 집으로 오는 길에
입양자 분이 밀크티의 사진을 보내 주었다.

새 집에 도착했지만 이동장 안에 웅크린 채 나오지 않는 밀크티, 나와서 소변
을 보고 밥을 먹는 밀크티, 낚시 장난감으로 노는 밀크티…. 시간차를 두고,
적응을 시작한 아이의 사진과 영상이 줄줄이 도착했다.

빈 이동장과 함께 집으로 돌아오는 길이 쓸쓸하지 않을까 싶었는데 웃으며
돌아올 수 있었다.

동물과 함께 대중교통을 이용하는 건 처음이라 긴장한 탓에 집에 도착하자
마자 기운이 빠졌다.

쓰러져 누워 있자 삼색이가 빈 이동장 안으로 들어가 냄새를 맡기 시작했다.
아침, 버스 시간에 맞춰 나가기 위해 밀크티와 삼색이를 떼어놓자, 둘이 동시
에 크게 울기 시작했던 것이 떠올랐다.

7월 10일

입양자가 아이가 잘 지내고 있다며 동영상을 보내 주었다.
플레이 버튼을 누르자 고양이 소리가 흘러나왔고 삼색이가 이를 듣고 황급히 달려
와 형제를 찾기 시작했다.
그 모습을 본 인간은 삼색이 근처에서 이어폰 없이 고양이 동영상을 트는 것을 금
지하기로 했다.

괜찮아

작년에 임보를 하던 시로가 떠난 후 베리는 분리불안을 겪었다.
내가 자리를 비우면 강박적으로 꼬리를 씹어서 꼬리 끝 털이 가위로 자른 것처럼
뭉툭해졌다.
(흰둥이는 언제나처럼 시큰둥했다.)
최대한 베리에게 맞춘다고 했지만 내가 고양이가 아니어서인지 큰 위로는 되지 못
했던 것 같다.

영역 산책할
시간이로군.

잘 있거라,
귀찮은 꼬마.

그때의 베리에게는 서룬 거인과 심통맞은 고양이 아저씨만 있었지만 다행히 삼색이에게는 베리가 있다.

이제 둘은 베리의 작은 집에 들어가 함께 잠을 잔다. 잠에서 깨어난 삼색이가, 넓은 들판에서 그러고 놀아야 할 것을, 작은 집 안에서 뛰어다니면 그 안이 폭죽이라도 터진 것처럼 들썩거린다.

그럼 베리는 인내심을 가지고 녀석이 멈추기만을 기다린다.

녀석은 뭘 알고 삼색이를 다 받아 주는 것일까. 이제 태어난 지 막 일 년을 채운 생명체가.

7월 11일

혓바늘이 돋았다.
네 아이의 입양을 휘몰아치듯 끝냈더니 피로가 한번에 몰리는가 보다.
인간이 누워 있는 동안 또 베리가 삼색이를 돌봤다.

7월 12일

이전까지는 아이들이 뒤엉켜 노는 것을 즐거운 마음으로 지켜보다가 필요한 순간에만 참견하면 됐다. 하지만 같이 놀 형제자매가 없는 지금, 모든 순간의 삼색이를 우리가 상대하게 됐다. 눈을 맞춰 주고, 오뎅 꼬치 좀 흔들어 주는 것뿐인데 이렇게까지 힘들 일인가?

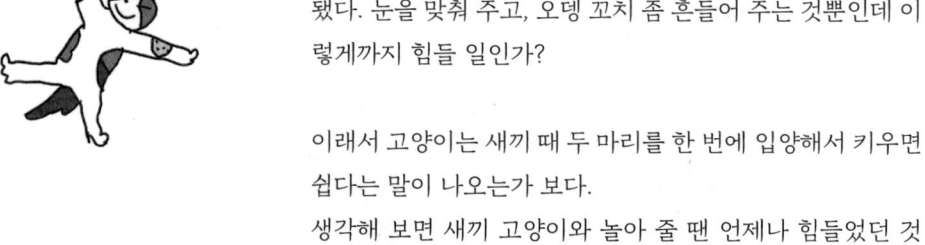

이래서 고양이는 새끼 때 두 마리를 한 번에 입양해서 키우면 쉽다는 말이 나오는가 보다.
생각해 보면 새끼 고양이와 놀아 줄 땐 언제나 힘들었던 것 같다. 귀여운 외모만 기억에 남아, 그 노동이 매번 지워졌던 것일 뿐….

지친 베리가 탁자 위로 훌쩍 올라가면 바닥에 홀로 남은 삼색이가 꽥꽥 울기 시작한다.
저러다 잠들어 주면 좋겠는데 그럴 계획이 없는지 집요하게 울어댄다. 그걸 보던 베리가 안절부절못하더니 결국 다시 내려와 핥아 줬다. 마음이 약한 고양이로군.

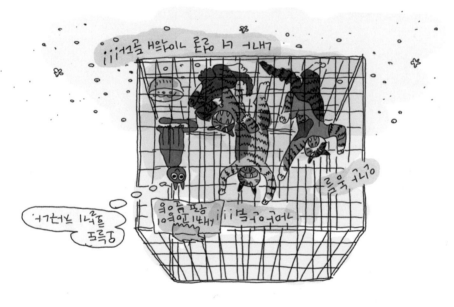

그리고 며칠 동안은, 정말 놀라울 만큼 조용했다.
얼마 가지는 못했지만.

한동안은 수의사 선생님이 이놈의 자식을 분양시키기 위해
아무 말이나 하신 거구나…, 생각했을 정도였다.

다시 대섯 아이들의 이야기로 돌아오면,
   남자 아이들의 뼈가 단단해지기 시작하자
        삼색이와는 체급에서부터 차이가 나게 됐다..

으르릉

어울려 놀기가 버거웠는지, 삼색이는 몇 발자국 떨어진 곳에서
                            구경만 하곤 했다.

그 뒤로는 쭉 구경꾼 신세.

하지만, 형제자매들이 떠나고 나서 부터는
버머가 항상 삼색이 옆을 지키며 페이스를 맞춰 줬다.

함께  걷고

장난을 치면

당해 주고

무슨 일이 일어난 거쬬?

상색이는 조용한 아이였는데···

댐이 열린 거지.

너도 그랬단다. 숯칠댕이야

1년 전 나처럼,

베리도 당혹의 시간을 보내고 있다.

7월 13일

얼렁뚱땅 베리에게 육아를 일임한 것이 미안해서 오늘은 내가 적극적으로 나서서
삼색이와 놀아 주려 했다. (흰둥이는 손톱만큼도 신경 쓰지 않는다. 고양이로서 평범한
행동이라는 걸 알지만 베리와 비교가 돼 점점 놈팡이로 보이기 시작했다.)
내가 놀아 주는 동안 베리가 한숨 돌릴 것을 기대했는데 베리는 쉬지도 못하고 흔
들리는 눈으로 우리를 주시하고 있다. 시로가 있었을 때처럼 노골적이고 얄밉게 표
현하지는 못하지만, 질투가 나서 어쩔 줄 모르는 것이다.
베리가 새끼들을 돌보는 모습을 보면 우니까 달래고, 냄새가 나서 그루밍을 해 주
고, 버튼 눌린 듯 일을 하지만 상황 전반에 대한 이해가 전혀 안 된 듯 일관되게 얼
떨떨한 표정을 하고 있다.
암컷 고양이는 생후 4개월에서 9개월 즈음에 발정을 시작하지만, 그것이 앞으로 벌
어질 일들에 대해 정신적으로도 준비가 됐다는 뜻은 아닌 듯하다. 그래서 첫 임신
으로 낳은 새끼를 방치하거나 물어 죽이는 일이 생기기도 한다.
베리도 아직 어려서 사랑은 모두 자기 차지이길 바란다.
그 어린 자아와 모성애인지 우유부단한 성격인지가 충돌하여 혼란스러워하는 얼
굴이 사랑스럽다.

인간이 놀아 줘야 쉴 시간이 생기지만
놀아 주지 않았으면 좋겠다.

7월 19일

내 옆에서 잠든 삼색이의 통통한 배, 그 위에 동그랗게 난 가르마가 귀엽다.
가르마는 소용돌이처럼 질서 있게 동그라미를 그려가다가 중앙으로 가면 아무렇게나 무질서하게 나기 시작한다.
거기에서 삼색이라는 생명체가 만들어진 것처럼 보여 자꾸 손가락으로 꾹 눌러 보게 된다.
이러면 안 될 것 같은데… 싶으면서도 눈을 뗄 수가 없다.
임보 초반, 아이들과 정이 들 수 있으니 두 달 안에 모두 입양을 보내야만 한다는 신신당부를 들었다.
그건 참 맞는 말이다. 석 달째부터는 가르마를 몇 개나 더 발견할 수 있겠지.

7월 21일

그동안 삼색이를 입양하고 싶다고 연락해 온 사람들이 몇 있었지만 이야기를 하다 보면 미묘하게 조건이 맞지 않았다.

내가 전만큼 적극적으로 홍보하지 않은 탓도 있다.

네 아이의 집을 찾아주는 동안 기운이 빠지기도 했고, 한 마리 정도면 내가 책임질 수도 있지 않을까 하는 안이한 생각도 들었기 때문이다.

반려인이 둘째 고양이를 들일 때 꿈꾸는 것은 둘이 한 뭉치가 되어 잠들고, 서로 그 루밍을 해 주는 그런 풍경이지만 그런 성공적인 합사는 많지 않다.

9년 전 겨울, 영하 17도까지 떨어졌던 어느 날, 마당에만 머무르던 흰둥이가 집 안에서 살게 해달라며 쳐들어 왔다.

그때까지만 해도 난 내가 결정을 내리면 장군이도 따르리라 대수롭지 않게 생각했다.

하지만 단호하게 흰둥이와는 같이 살 수 없다는 의사를 표시했다.

흰둥이도 장군이의 의견을 받아들여, 장군이의 영역인 집 안을 방문은 하겠지만 주요 영역으로는 삼지 않겠다는 것으로 타협을 봤다.

합사는 내 결정 이전에, 영역동물끼리의 문제였다.

그런데 이번에는 베리와 흰둥이의 마음에 자연스럽게 삼색이의 자리가 만들어졌다. 흔치 않은 성공적인 합사의 예감이었다.

그러던 중 한 분에게서 연락이 왔다.

고양이를 키워 본 경험이 있는, 동물을 좋아하는 가족과 함께 사는, 키웠던 고양이의 마지막을 함께했던 사람이었다.

그 집으로 간다면, 또래의 고양이와 자매가 되어 같이 생활할 수도 있었다. 이 또한 성공적인 입양의 예감이었다.

우리나라에서 반려견이 입양한 가족과 죽을 때까지 같이 사는 비율이 10퍼센트 정도라고 한다. 강아지가 아닌 고양이라고 해서 그 비율이 크게 달라질 것으로는 보이지 않는다.

그러니 내 마음이 뭐라고 하는지는 둘째치고, 혹시 파양돼 돌아올 아이가 생긴다면 그 아이를 위한 자리를 만들어 두는 게 타당해 보였다.

임보자라면 누구나 파양하지 않고 끝까지 아이를 책임져 줄 10퍼센트 확률의 가족을 찾기 위해 노력한다. 하지만 좋은 사람들에게도 어쩔 수 없는 파양의 이유가 불시에 찾아들기도 한다.

그렇게 삼색이의 입양처가 결정됐다. 피부병 치료가 끝나 가고 있어서 치료가 마무리되면 바로 보내기로 했다.

7월 25일

베리가 피부병에 걸려서 아침 일찍 삼색이와 함께 병원에 갔다.

한 달 동안 아이들과 뒹굴며 지내도 괜찮았는데 연이은 폭염과 육아에 면역력이 떨어져 옮은 것 같다.

볼에 난 동그란 상처는 곰팡이성 피부병인 링웜의 전형적인 병변이어서 새끼 고양이들이 처방받았던 진균제와 항균 샴푸를 받아 왔다.

수의사 선생님께 베리를 보여 드리는 동안 삼색이가 이동장에 혼자 있어야 했다. 그런데 베리와 붙어 있겠다고 굳이 기어 나와 진료대 위로 올라왔다. 내가 삼색이를 안자 그 잠깐 동안에도 조금이라도 더 가까워지려고 베리를 향해 손을 휘저었다.

베리는 긴장으로 발바닥에서 땀이 나 탁자 위에 흥건한 자국을 남겼다. 흠뻑 젖어 있어 실금이라도 한 줄 알았다.

그렇게 긴장했으면서도 다시 이동장 안으로 돌아와서는 삼색이를 위로하는 목소리를 냈다.

바보 같은 베리. 수의사 선생님은 어린 고양이를 이렇게 잘 돌봐 주는 고양이는 많지 않다고, 참 착한 아이라고 하셨다.

베리는 어려서부터 사랑이 많았다. 사랑받는 것도 좋아하고, 사랑할 때 표현도 적극적이었다. 시로에게는 얄미운 짓을 너무 해서 아이들을 이렇게까지 잘 돌볼 줄 몰랐다.

그때는 그저 애가 애처럼 군 것에 불과했나 보다.

병원에서 돌아오는 길도 엄청 시끄러웠다.

돌아와서 삼색이의 입양자에게 연락을 했다.
베리의 확 올라온 피부병이 치료가 다 끝나 가는 삼색이에게
다시 옮지 않을까 걱정이 됐다.
상황을 설명하고 지금 바로 보내도 괜찮겠냐고 메시지를 보
내자 얼마 지나지 않아 문제없다는 답장이 왔다.

.... 자, 그런 이유로 마지막 인사를 하게 되었습니다.

시간을 드리겠습니다.

하실 말씀을 끝내 주세요.

그루밍   해 줄게.

그게 내가 가장 잘하는 거니까.

그리고 공항에서
드디어 집으로 돌아오는

7월 27일

삼색이를 데려다주는 길은 고난이었다.

기록적인 폭염에 집을 나오자마자 뜨거운 열기를 맞은 삼색이가 크게 울기 시작했다.

밀크티와 버스를 탔을 때는 아무도 내가 고양이를 데리고 탄 줄 몰랐는데, 이번에는 모두가 알아차렸다. 귀가 멀지 않은 한 모를 수 없었다.

에어컨이 작동되면 버스 안 온도가 떨어질 줄 알았는데 그날따라 에어컨 작동은 시원찮았고 삼색이는 개구호흡을 시작했다.

버스의 가장 뒷자리를 예매한 나는, 이동장 옆에 붙어서 제발 울음을 멈춰달라고 소리 없이 삼색이를 달래고 얼렀다. 소용은 없었지만 더위에 인내심이 다한 사람들의 짜증을 공기너머로 느끼면서 아무것도 하지 않은 채 앉아 있을 수는 없었다. 공공장소에서 우는 아이를 달래는 아이 엄마의 마음이 이런 거겠지. 창피하고, 당혹스럽고, 우주의 먼지가 되어 사라지고 싶었다.

다행히 삼색이는 비명을 지르는 것으로 이 고통을 피할 수 없다는 걸 십여 분 만에 깨닫고는 울음을 멈췄다. 하지만 개구호흡은 버스에 탑승한 2시간 내내 이어졌다.

목적지에 도착해서 내리자 다시 찜통 열기 속이었다. 삼색이가 다시 발광하기 시작했다. 다행히 얼마 지나지 않아 입양자가 이동장을 들고 구세주처럼 나타났다.

언제나 그렇듯 어색한 이별의 순간이 찾아왔지만 정신이 없어 아무것도 느껴지지 않았다. 계약서를 나눠 쓰는 그 짧은 순간에도 삼색이가 개구호흡을 하고 있었다. 나는 입양자에게 빨리 집으로 가야 한다고, 분위기가 이상해질 정도로 여러 번 반복해서 말했다.

나의 호들갑에 입양자는 찡찡 우는 삼색이를 어깨에 메고 잰걸음으로 집으로 향했다.

그 뒷모습을 지켜보는데 날이 너무 더워 배경의 일부분이 신기루 현상이 일어난 듯 일렁이고 있었다.

아이들이 가게서 인형과 단추와 낚시도구를 갖고 싶다고 말했다.

7월 28일

갓 태어난 것을 돌보면 몸도 거기에 맞춰 변하는가 보다. 분명 감기에 걸려 있었는데 새끼 고양이 다섯 마리가 든 상자를 받아들자마자 굉장히 오랜만에 온몸에 활력이 도는 것이 느껴졌다. 상냥한 행동이 노력할 필요 없이 자연스레 나왔고, 아이들과 관련된 것에는 과민해지고 사사건건 의심이 돋아서 상냥함과 공격적인 편집증 상태가 롤러코스터를 탄 것처럼 번갈아 가며 찾아왔다.

이건 필시 호르몬의 변화일 것이다. 전달받지 못했지만, 뇌가 알아서 몸을 아기 돌보기 모드로 바꿔 놓은 게 틀림없다.

이제 아이들이 모두 떠났는데도 나는 여전히 돌보기 모드다.

하루는 집 밖에서 위험에 빠진 고양이 울음소리가 들려왔다. 아무 옷이나 걸쳐 입고서 뛰쳐나가 소리가 들려오는 쪽으로 무작정 걸었다. 도착한 곳은 어떤 건물 앞이었고, 2층 창문으로 조그만 노랑 고양이가 고개를 내밀어 아래를 내려다보고 있었다. 무슨 이유로 꼬마가 울고 있었는지는 모르겠지만 엄마가 없는 아이는 아닌 듯했다.

정말로 위험에 빠진 고양이였다면 들쳐업고 오는 내내 (나 자신에게) 욕을 했겠지만, 아님이 아쉬웠다. 이런 정신상태가 애니멀호더(관리하지 못할 정도로 반려동물을 과도하게 많이 키우는 사람)를 만드는 것이 틀림없다. 뇌가 아기 돌모기 모드를 철수시키라는 신호를 보낼 때까지 가만히 누워 기다리기로 했다.

출판사에서 임보의 경험을 작은 책으로 만들어 보는 것이 어떨지 권유하셨고, 그다음부터는 책상에 앉아 기다리고 있다.

베리는 괜찮은 것처럼 보였다.

피부병 때문에 나와 사이좋게 병원에 다녔고, 꼬리 무는 버릇이 특별히 심해지지도 않았다.

새로 산 장난감으로 틈만 나면 놀아 주고, 혼자 있는 것 같으면 찾아가 괴상한 짓을 하며 정신없게 만들었다.

그 방법이 성공을 거두고 있다고 생각하던 차에 또 창밖에서 어린 고양이의 목소리가 들려왔다. (같은 노랑 고양이였다. 걔는 뭐가 문제인 걸까?)

베리는 귀를 쫑긋 세우더니 잠시 열린 대문 틈으로 쏜살같이 빠져나가 버렸다.

평소에는 대문 근처에도 가지 않는, 세상에서 제일 가는 겁쟁이가, 눈에 뵈는 게 없는 것처럼 목소리의 주인을 찾아 달렸다. (얼마 못 가서 잡히기는 했지만.) 베리도 나처럼 무언가가 철수되기만을 기다리고 있는 걸까?

삼색이가 어딜 갔지?

책을 쓰는 동안 입양자 분들에게 차례로 연락이 왔다.

곰돌이는 피부병이 모두 나아서 첫째 고양이와 합사에 들어갔다. 암컷인 첫째 고양이가 순둥이여서 큰 잡음 없이 잘 지내고 있었다.

??? ?????

애둥이들이 없으니 쾌적하군.

착한 언니 고양이 딱지

입양자가 곰돌이를 만나러 왔을 때 첫째 고양이가 바보 같을 정도로 착해서 곰돌이가 자라서 언니를 괴롭히지 않을까 약간의 걱정을 내비쳤었다. 나는 말을 길게 끌며 곰돌이가 성격이 만만하지는 않다고 말했던 것 같다.
곰돌이의 눈을 들여다본 입양자 분은 말했다.
"이 녀석 크면 언니를 쌈싸 먹겠는걸."
입양자도 곰돌이가 어떤 아이인지 금세 알아보신 듯했다. 그분과 나는 어떻게 곰돌이를 알아볼 수 있었던 걸까. 새끼 고양이들은 성격을 타고난다. 한배에서 난 아이들도 모두 다른 성격을 가진다. 그게 늘 신기하다. 고양이의 강한 개성과 그것을 알아보는 사람들이 있다는 것이.

그리고 훌쩍 큰 지금, 곰돌이는 예상했던 것처럼 자랐다. 조금은 새침한 얼굴로 무던하게 주변과 소통하지만 자신의 세계도 어렵지 않게 유지하는, 모두가 뛰어다닐 때 잠시 빠져나와 관망하던 그 느낌 그대로 말이다. 언니는 괴롭히지 않고 있는 것 같다. 만만치는 않지만 또 특별히 호전적이지도 않은 아이니까.

긴꼬리의 가족은 SNS에 사진을 자주 올리기 때문에 어떻게 자라는지 실시간으로 볼 수 있었다.
올라오는 사진은 대부분 반려인의 목이나 팔 등 신체 한 부분에 딱 달라붙어 있는 모습이다.
몸은 자랐지만 아기 짓은 여전해서 동영상이 올라오면 골골거리는 소리가 배경으로 항상 깔린다. 여전히 동그랗고 천진한 눈을 하고서는 빨래바구니에서 잠을 자거나 반려인이 던져 주는 장난감을 강아지처럼 물고 온다. 긴꼬리는 완벽한 개냥이가 됐다.

빨래바구니에서 자는 걸
좋아한다는 긴꼬리

놀다 지쳐 잠잘때가
가장 예쁘다는 꼬불이 입양자님

꼬불이의 입양자는 아이를 데리고 갈 때 빌려 드린 이동장을 돌려받기 위
해 다시 한 번 만날 수 있었다.
꼬불이가 잘 적응하고 있는지 물어보자 입양자 분은 작은 한숨과 함께 아
련한 목소리로 말했다.
"…너무 …너무 잘 적응했어요…."
얼굴에는 다크서클이 내려와 있었다. 꼬불이가 매우 꼬불이인 채로 지내
고 있는 모양이었다.
입양자의 뜸한 SNS에는 녀석의 귀여운 사진과 함께 '잠들어 있을 때가 가
장 귀여움' 같은 글이 올라와 있었다.

삼색이보다 조금 작은 짜장이

삼색이는 동갑내기 여자 아이와 단짝이 됐다.

입양 당시 피부병이 완벽하게 나은 상태가 아니어서 집의 고양이와 며칠 간의 격리가 필요하다고 전했다. 반려인은 격리 울타리를 준비했다. 그 런데 밤사이 삼색이가 울타리를 넘어가 친구와 꼭 붙어 있었다는 것이다. 발견하자마자 떼어 놨지만 두 아이가 너무 울어서 결국 격리는 실패했다 고 한다. 어떻게 울었을지 너무 알 것 같았다.

입양자는 삼색이와 검고 하얀 털의 얼룩 고양이가 서로 끌어안고 있는 사 진을 보내 주었다. 사이가 무척 좋아 보였다. 얼룩 고양이는 삼색이보다 아주 조금 작았다. 여기서는 치이던 삼색이가 이제는 언니가 된 듯했다.

입양자님이 보내 주신 사진 속에선
미모를 뽐내는 밀크티

그리고 밀크티. 밀크티는 그 아이의 섬세한 성격을 알아줄 수 있을 것 같은, 과거 동물병원에서 일했던 (임보 경험도 있는) 분에게 갔다.

공들여 찍힌 사진 속 밀크티는 피부병 땜빵도 다 사라졌고, 눈도 유리구슬처럼 반짝였다. 내가 찍을 때는 그렇게 고개를 돌리며 반항하던 녀석이…. 표정도 어딘가 편해 보였다.

입양자에게 밀크티의 성격을 설명하며 "이 아이의 성격은 조금 빙구 같아요."라고 말했었고, 그것을 바탕으로 밀크티는 봉구라는 새 이름을 갖게 됐다. 그러고 보니 봉구는 참 봉구 같은 얼굴을 하고 있었다.

입양자들에게 아이들의 새 이름에 대해 들을 때마다 기뻤다. 새로운 종류의 기쁨이었다.

이렇게 형태가 없으면서도, 단단한 존재감의 무엇을 가져본 적이 없다.

삼색이의 새 이름 홍시를 마지막으로 다섯 개의 이름을 모두 수집한 날엔 배부르고 행복한 용이 된 기분으로 잠자리에 누웠다. 그런 날에는 악몽을 꿀 리 없었다. 용이 고양이를 모두 구했으니까.

고양이 임보일기 실사판

임보 기간 동안 다섯 아이들의 모습을 볼 수 있는

이새벽 작가 인스타그램 @leesaebeok

거인이여 밥을 주시오.

구조된 날

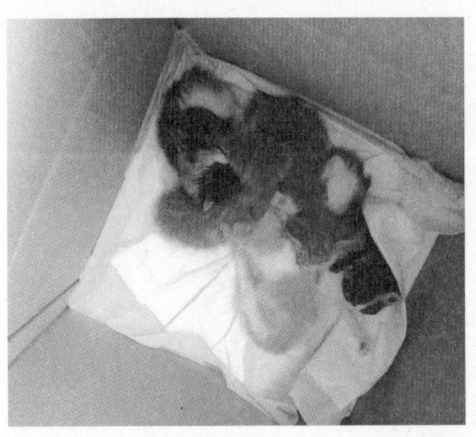

곰돌이에게 그루밍을 해 주는 베리

귀여운 얼굴 속에 파괴력을 숨기고 있던 꼬불이

긴꼬리를 괴롭히다 인간에게 저지당하는 꼬불이

남자 아이들

여자 아이들

미남의 기운을 뿜어내던 밀크티

동물병원에서 지친 아이들

눈빛이 따스하시네요.

봉제 곰인형처럼 생겨 곰돌이가 된 곰돌이

아기였던 베리에게 하악질하던 흰둥.
하지만 베리는 하악질 따위에 굴하지 않아.

흰둥이 귀여워도 봐주는 법이 없지.

밀크티는 너무 열정적으로 먹어 사료가 그릇 밖으로 다 튀어 나가곤 했다.

안기는 걸 좋아하는 긴꼬리

어느 각도에서도 귀여운 삼색

베리와 밀크티

삼색이를 항상 끼고 다녔던 베리

사람 옆자리를 좋아했던 곰돌이

순진무구한 긴꼬리

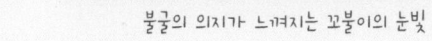

어설프지만 훌륭한 보모 베리

불굴의 의지가 느껴지는 꼬불이의 눈빛

삼색이의 어쩐지 애절한 눈빛.
임보 초기엔 눈병이 있는 줄 알았지만 아니었다.

제가 바로 그 꼬붕입니다.

카메라 렌즈만 보면 얼어 버리는 밀크티

예쁘면서 잘생기고, 잘생기면서 예뻤던 시로

눈에 얼음 바다가 있었던 시로

이상한 포즈의 밀크티

포토제닉하여 인기가 많았던 곰돌이

꼬물이를 따라 박스 탈출을 시도하는 긴꼬리

낮잠 시간

책공장더불어의 책

고양이 그림일기
(한국출판문화산업진흥원 이달의 읽을 만한 책, 학교도서관저널 추천도서)
장군이와 흰둥이, 두 고양이와 그림 그리는 한 인간의 일 년 치 그림일기. 종이 다른 개체가 서로의 삶의 방법을 존중하며 사는 잔잔하고 소소한 이야기.

우주식당에서 만나
(한국어린이교육문화연구원 으뜸책)
2010년 볼로냐 어린이도서전에서 올해의 일러스트레이터로 선정되었던 신현아 작가가 반려동물과 함께 사는 이야기를 네 편의 작품으로 묶었다.

개.똥.승. (세종도서 문학 부문)
어린이집의 교사이면서 백구 세 마리와 사는 스님이 지구에서 다른 생명체와 더불어 좋은 삶을 사는 방법, 모든 생명이 똑같이 소중하다는 진리를 유쾌하게 들려준다.

노견 만세
퓰리처상을 수상한 글 작가와 사진 작가의 사진 에세이. 저마다 생애 최고의 마지막 나날을 보내는 노견들에게 보내는 찬사.

강아지 천국
반려견과 이별한 이들을 위한 그림책. 들판을 뛰놀다가 맛있는 것을 먹고 잠들 수 있는 곳에서 행복하게 지내다가 천국의 문 앞에서 사람 가족이 오기를 기다리는 무지개 다리 너머 반려견의 이야기.

고양이 천국
(어린이도서연구회에서 뽑은 어린이·청소년 책)
고양이와 이별한 이들을 위한 그림책. 실컷 놀고 먹고 자고 싶은 곳에서 잘 수 있는 곳. 그러다가 함께 살던 가족이 그리울 때면 잠시 다녀가는 고양이 천국의 모습을 그려냈다.

대단한 돼지 에스더
(학교도서관저널 추천도서)
인간과 동물 사이의 사랑이 얼마나 많은 것을 변화시킬 수 있는지 알려 주는 놀라운 이야기. 300킬로그램의 돼지 덕분에 파티를 좋아하던 두 남자가 채식을 하고, 동물보호 활동가가 되는 놀랍고도 행복한 이야기.

동물과 이야기하는 여자
SBS 〈TV 동물농장〉에 출연해 화제가 되었던 애니멀 커뮤니케이터 리디아 히비가 20년간 동물들과 나눈 감동의 이야기. 병으로 고통받는 개, 안락사를 원하는 고양이 등과 대화를 통해 문제를 해결한다.

나비가 없는 세상
(어린이도서연구회에서 뽑은 어린이·청소년 책)
고양이 만화가 김은희 작가가 그려내는 한국 최고의 고양이 만화. 신디, 페르캉, 추새. 개성 강한 세 마리 고양이와 만화가의 달콤쌉싸래한 동거 이야기.

깃털, 떠난 고양이에게 쓰는 편지
프랑스 작가 끌로드 앙스가리가 먼저 떠난 고양이에게 보내는 편지. 한 마리 고양이의 삶과 죽음, 상실과 부재의 고통, 동물의 영혼에 대해서 써내려간다.

펫로스 반려동물의 죽음
(아마존닷컴 올해의 책)
동물 호스피스 활동가 리타 레이놀즈가 들려주는 반려동물의 죽음과 무지개 다리 너머의 이야기. 펫로스(pet loss)란 반려동물을 잃은 반려인의 깊은 슬픔을 말한다.

채식하는 사자 리틀타이크
(아침독서 추천도서, 교육방송 EBS 〈지식채널e〉 방영)
육식동물인 사자 리틀타이크는 평생 피 냄새와 고기를 거부하고 채식 사자로 살며 개, 고양이, 양 등과 평화롭게 살았다. 종의 본능을 거부한 채식 사자의 9년간의 아름다운 삶의 기록.

치료견 치로리
(어린이문화진흥회 좋은 어린이책)

비 오는 날 쓰레기장에 버려진 잡종개 치로리. 죽음 직전 구조된 치로리는 치료견이 되어 전신마비 환자를 일으키고, 은둔형 외톨이 소년을 치료하는 등 기적을 일으킨다.

용산 개 방실이
(어린이도서연구회에서 뽑은 어린이·청소년 책, 평화박물관 평화책)

용산에도 반려견을 키우며 일상을 살아가던 이웃이 살고 있었다. 용산 참사로 갑자기 아빠가 떠난 뒤 24일간 음식을 거부하고 스스로 아빠를 따라간 반려견 방실이 이야기.

우리 아이가 아파요!
개·고양이 필수 건강 백과

새로운 예방접종 스케줄부터 우리나라 사정에 맞는 나이대별 흔한 질병의 증상·예방·치료·관리법, 나이 든 개, 고양이 돌보기까지 반려동물을 건강하게 키울 수 있는 필수 건강백서.

개, 고양이 사료의 진실

미국에서 스테디셀러를 기록하고 있는 책으로 반려동물 사료에 대한 알려지지 않은 진실을 폭로한다. 2007년도 멜라민 사료 파동 취재까지 포함된 최신판이다.

개·고양이 자연주의 육아백과

세계적 홀리스틱 수의사 피케른의 개와 고양이를 위한 자연주의 육아백과. 40만 부 이상 팔린 베스트셀러로 반려인, 수의사의 필독서. 최상의 식단, 올바른 생활습관, 암, 신장염, 피부병 등 각종 병에 대한 세세한 대처법도 자세히 수록되어 있다.

개 피부병의 모든 것

홀리스틱 수의사인 저자는 상업사료의 열악한 영양과 과도한 약물사용을 피부병 증가의 원인으로 꼽는다. 제대로 된 피부병 예방법과 치료법을 제시한다.

암 전문 수의사는 어떻게 암을 이겼나

암에 걸린 암 수술 전문 수의사가 동물 환자들을 통해 배운 질병과 삶의 기쁨에 관한 이야기가 유쾌하고 따뜻하게 펼쳐진다.

개가 행복해지는 긍정교육

개의 심리와 행동학을 바탕으로 한 긍정 교육법으로 50만 부 이상 판매된 반려인의 필독서이다. 짖기, 물기, 대소변 가리기, 분리불안 등의 문제를 평화롭게 해결한다.

임신하면 왜 개, 고양이를 버릴까?

임신, 출산으로 반려동물을 버리는 나라는 한국이 유일하다. 세대 간 문화충돌, 무책임한 언론 등 임신, 육아로 반려동물을 버리는 사회현상에 대한 분석과 안전하게 임신, 육아 기간을 보내는 생활법을 소개한다.

인간과 개, 고양이의 관계심리학

함께 살면 개, 고양이는 닮을까? 동물학대는 인간 학대로 이어질까? 248가지 심리실험을 통해 알아보는 인간과 동물이 서로에게 미치는 영향에 관한 심리 해설서.

버려진 개들의 언덕
(학교도서관저널 추천도서)

인간에 의해 버려져서 동네 언덕에서 살게 된 개들의 이야기. 새끼를 낳아 키우고, 사람들에게 학대를 당하고, 유기견 추격대에 쫓기면서도 치열하게 살아가는 생명들의 2년간의 관찰기.

개에게 인간은 친구일까?

인간에 의해 버려지고 착취당하고 고통받는 우리가 몰랐던 개이야기. 다양한 방법으로 개를 구조하고 보살피는 사람들의 이야기가 그려진다.

사람을 돕는 개
(한국어린이교육 문화연구원 으뜸책, 학교도서관저널 추천도서)

안내견, 청각장애인 도우미견 등 장애인을 돕는 도우미견과 인명구조견, 흰개미탐지견, 검역견 등 사람과 함께 맡은 역할을 해내는 특수견을 만나본다.

동물을 만나고 좋은 사람이 되었다
(한국출판문화산업진흥원의 출판콘텐츠 창작 자금 지원 선정)

개, 고양이와 살게 되면서 반려인은 동물의 눈으로, 약자의 눈으로 세상을 보는 법을 배운다. 동물을 통해서 알게 된 세상 덕분에 조금 불편해 졌지만 더 좋은 사람이 되어 가는 개·고양이에 포섭된 인간의 성장기.

햄스터
햄스터를 사랑한 수의사가 쓴 햄스터 행복·건강 교과서. 습성,건강관리, 건강 식단 등 햄스터 돌보기 완벽 가이드.

토끼
토끼를 건강하고 행복하게 오래 키울 수 있도록 돕는 육아 지침서. 습성·식단·행동·감정·놀이·질병 등 모든 것을 담았다.

사향고양이의 눈물을 마시다
(한국출판문화산업진흥원 우수출판콘텐츠 제작 지원 선정, 환경부 선정 우수환경도서, 학교도서관저널 추천도서, 국립중앙도서관 사서가 추천하는 휴가철에 읽기 좋은 책, 환경정의 올해의 환경책)

내가 마신 커피 때문에 인도네시아 사향고양이가 고통 받는다고? 나의 선택이 세계 동물에게 어떤 영향을 미치는지, 동물을 죽이는 것이 아니라 살리는 선택이 무엇인지 알아본다.

묻다
구제역, 조류독감으로 거의 매년 동물의 살처분이 이뤄진다. 저자는 4800곳의 매몰지 중 100여 곳을 수년에 걸쳐 찾아다니며 기록한 유일한 사람이다. 그가 우리에게 묻는다. 우리는 동물을 죽일 권한이 있는가.

유기동물에 관한 슬픈 보고서
(환경부 선정 우수환경도서, 어린이도서연구회에서 뽑은 어린이·청소년 책, 한국간행물윤리위원회 좋은 책, 어린이문화진흥회 좋은 어린이책)

동물보호소에서 안락사를 기다리는 유기견, 유기묘의 모습을 사진으로 담았다. 인간에게 버려져 죽임을 당하는 그들의 모습을 통해 인간이 애써 외면하는 불편한 진실을 고발한다.

후쿠시마에 남겨진 동물들
(미래창조과학부 선정 우수과학도서, 환경부 선정 우수환경도서, 환경정의 청소년환경책 권장도서)

2011년 3월 11일, 대지진에 이은 원전 폭발로 사람들이 떠난 일본 후쿠시마. 다큐멘터리 사진작가가 담은 '죽음의 땅'에 남겨진 동물들의 슬픈 기록.

후쿠시마의 고양이
(한국어린이교육문화연구원 으뜸책)

2011년 동일본 대지진 이후 5년. 사람이 사라진 후쿠시마에서 살처분 명령이 내려진 동물들을 죽이지 않고 돌보고 있는 사람과 함께 사는 두 고양이의 모습을 담은 평화롭지만 슬픈 사진집.

인간과 동물, 유대와 배신의 탄생
(환경부 선정 우수환경도서, 환경정의 올해의 환경책)

미국 최대의 동물보호단체 휴메인소사이어티 대표가 쓴 21세기동물해방의 새로운 지침서. 농장동물, 산업화된 반려동물 산업,실험동물, 야생동물 복원에 대한 허위 등 현대의 모든 동물학대에 대해 다루고 있다.

동물들의 인간 심판
(대한출판문화협회 올해의 청소년 교양도서, 세종도서 교양부문 선정, 환경정의 청소년 환경책, 아침독서 청소년 추천도서, 학교도서관저널 추천도서)

동물을 학대하고, 학살하는 범죄를 저지른 인간이 동물 법정에 선다. 고양이, 돼지, 소 등은 인간의 범죄를 증언하고 개는 인간을 변호한다. 이 기묘한 재판의 결과는?

고통받은 동물들의 평생 안식처
동물보호구역
(환경정의 어린이 환경책, 한국어린이교육문화연구원 으뜸책, 문화체육관광부 청소년 북토큰 도서)

고통받다가 구조되었지만 오갈 데 없었던 야생동물의 평생 보금자리. 저자와 함께 전 세계 동물보호구역을 다니면서 행복하게 살고 있는 동물을 만난다.

똥으로 종이를 만드는 코끼리 아저씨
(환경부 선정 우수환경도서, 한국출판문화산업진흥원 청소년 권장
도서, 서울시교육청 어린이도서관 여름방학 권장도서, 한국출판문
화산업진흥원 청소년 북토큰 도서)

코끼리 똥으로 만든 재생종이 책. 코끼리 똥으로 종
이와 책을 만들면서 사람과 코끼리가 평화롭게 살
게 된 이야기를 코끼리 똥종이에 그려냈다.

야생동물병원 24시
(어린이도서연구회에서 뽑은 어린이·청소년 책, 한국출판문화산업진
흥원 청소년 북토큰 도서)

로드킬 당한 삵, 밀렵꾼의 총에 맞은 독수리, 건강
을 되찾아 자연으로 돌아가는 너구리 등 대한민국
야생동물이 사람과 부대끼며살아가는 슬프고도
아름다운 이야기.

고등학생의 국내 동물원 평가 보고서
(환경부 선정 우수환경도서)

인간이 만든 '도시의 야생동물 서식지' 동물원에서
는 무슨 일이 일어나고 있나? 국내 9개 주요 동물원
이 종보전, 동물복지 등 현대 동물원의 역할을 제대
로 하고 있는지 평가했다.

동물원 동물은 행복할까
(환경부 선정 우수환경도서, 학교도서관저널 추천도서)

동물원에 사는 북극곰은 야생에서 필요한 공간보다
100만 배, 코끼리는 1,000배 작은 공간에 갇혀 있다.
야생동물보호운동 활동가인 저자가 기록한 동물원
에 갇힌 야생동물의 참혹한 삶.

동물은 전쟁에 어떻게 사용되나
전쟁은 인간만의 고통일까? 고대부터 현대 최첨단
무기까지, 우리가 몰랐던 동물 착취의 역사.

동물 쇼의 웃음 쇼 동물의 눈물
(한국출판문화산업진흥원 청소년 권장도서, 한국출판문화산업진
흥원 청소년 북토큰 도서)

동물 서커스와 전시, TV와 영화 속 동물 연기자, 투
우, 투견, 경마 등 동물을 이용해서 돈을 버는 오락
산업 속 고통받는 동물의 숨겨진 진실을 밝힌다.

동물학대의 사회학
(학교도서관저널 추천도서)

동물학대와 인간폭력 사이의 관계를 설명한다. 페미
니즘 이론 등 여러 이론적 관점을 소개하면서 앞으
로 동물학대 연구가 나아갈 방향을 제시한다.

고양이 임보일기

초판 1쇄   2019년 1월 11일
초판 2쇄   2019년 5월 23일

글·그림   이새벽

펴낸이   김보경
펴낸곳   책공장더불어

편 집   김보경
교 정   김수미

디자인   나디하 스튜디오(khj9490@naver.com)
인 쇄   정원문화인쇄

책공장더불어
주 소   서울시 종로구 혜화동 5-23
대표전화   (02)766-8406
팩 스   (02)766-8407
이메일   animalbook@naver.com
블로그   http://blog.naver.com/animalbook
페이스북   https://www.facebook.com/animalbook4
인스타그램   https://www.instagram.com/animalbook.modoo
출판등록   2004년 8월 26일 제 300-2004-143호

ISBN 978-89-97137-34-3 03810

* 잘못된 책은 바꾸어 드립니다.
* 값은 뒤표지에 있습니다.